L'INDOUSTAN

2° SÉRIE GRAND IN-8°.

L'INDOUSTAN

CHASSES. — MŒURS. — COUTUMES

DANS L'INDE MODERNE

PAR

WILLAM DARVILLE

LIMOGES

EUGENE ARDANT et Cⁱᵉ, ÉDITEURS.

L'INDOUSTAN

CHAPITRE PREMIER.

Introduction géographique et historique.

Avant d'initier nos lecteurs à l'incursion intérieure que nous allons faire dans l'Inde, recherchant son passé, écrit dans ses monuments, les vicissitudes qu'ont subies les populations de ces belles contrées, les mœurs profondément modifiées par les systèmes religieux, et enfin l'état dans lequel les a réduites un système qu'on peut comparer à la féodalité du moyen-âge en Europe, nous allons donner une idée géographique de l'Inde telle qu'elle fut, telle qu'elle est sous la domination anglaise, et telle qu'elle sera, malgré les bouleversements qui la remueraient encore.

La moitié méridionale de l'Inde est baignée par les eaux de l'Océan. Au nord, elle est séparée du Thibet par l'immense chaîne des monts Hymalayas; à l'orient, une chaîne de faîtes de montagnes élevées entre Brahmapoutra et l'Irrawady, en ferme la limite. La chaîne des

Soleymans la sépare des contrées à l'ouest. Otez l'empire russe de l'Europe, et l'Inde offrira une surface égale à celle du reste de l'Europe.

Deux bassins, celui du Sind, celui du Gange, et un plateau triangulaire qui s'étend des monts Vindhias au cap Comorin, divisent en trois grandes parties naturelles ce vaste espace. Une grande phase du passé de la race argane ou indo-sanscrite, se rattache à ces divisions naturelles : la race indo-sanscrite comprend encore au moins les deux tiers de la population entière de l'Inde.

Bien avant les temps historiques, cette race, dit l'auteur de l'*Inde contemporaine*, « se trouva en relations de voisinage, en communion de langage et de tradition, en contact de paix et de guerre avec la plupart des peuples qui depuis ont grandi dans l'occident. »

Voilà pour les premiers temps de son existence à peine connue, existence qui forme une période dont on ne connaît pas l'origine et où elle commença une autre existence, étrangère à toutes celles du reste du monde, et où commencent ses lois, sa littérature, origine d'une puissante civilisation qui a brillé plus de quinze cents ans avant notre ère, et plusieurs siècles depuis.

Une autre période s'ouvrit ; nous la désignons aujourd'hui sous le nom de Dekkan. Les Argans brahmaniques, que l'on croit descendus des hauts plateaux de l'Asie, s'étendirent en conquérants dans l'Inde : l'époque de cette invasion paraît, d'une manière certaine, remonter à plus de trente-deux siècles. Ces conquérants s'assujétirent par des dévastations inouïes, et soumirent à leur joug les populations qui les avaient précédés. Il y eut entre les vainqueurs et les vaincus une assimilation, et l'Inde soumise donna naissance à une civilisation qui prouve que les vainqueurs étaient loin d'être des barbares.

Partout les cités s'élevaient ; partout des monuments, dont les ruines excitent encore notre admiration, surgirent sur le sol de l'Inde, et répandirent dans toute la terre connue alors le nom de la civilisation brahmanique.

Citons encore ici l'auteur de l'*Inde contemporaine*, De Lanoye, et nous aurons une faible idée de ce qui s'opéra dans cette période de temps.

« Le temps qui s'est écoulé depuis le premier épanouissement du génie indo-sanscrit, jusqu'à l'heure présente, est le plus long qui ait été donné à une forme religieuse, sociale et ethnologique de remplir ici-bas. Comment la branche du tronc humain, qui en a été exceptionnellement favorisée, l'a-t-elle employé au profit de l'hunanité ? Cette seule question pourrait donner lieu à de nombreux volumes.

» A défaut de faits historiques, les œuvres de la littérature indo-sanscrite font foi de la prodigieuse activité de l'intelligence de la race argane aux jours de sa jeunesse. Elle a créé un alphabet régulier, alors que les peuples les plus avancés en civilisation ne se servaient encore que d'hiéroglyphes et de signes symboliques ; elle a eu des prophètes, des chantres sacrés pendant d'innombrables générations, dont la plus récente a précédé les temps d'Orphée et de Linus ; ses plus beaux chants épiques sont antérieurs de quatre siècles au moins à ceux d'Homère ; sa législation, dite de Manou, florissait depuis longtemps sur les bords du Gange, lorsque quelques fragments en parvinrent en Phrygie et dans l'île de Crète, sous la sanction des noms de Manès et de Minos ; enfin, longtemps **avant**

Pythagore, Zénon et Démocrite, les doctrines qui firent
la renommée de ces philosophes se partageaient ses écoles
philosophiques.

» A cette longue et puissante période de fécondité, semble avoir succédé rapidement un état d'épuisement et de
prostration, et lorsque l'épée d'Alexandre-le-Grand vint
soulever pour l'Europe un coin du voile de l'antique
Orient, l'Inde apparut déjà vieille aux jeunes sociétés de
l'Occident. »

C'est que le système des castes, introduit par les
Argans brahmaniques, avait atteint la civilisation intel-
lectuelle jusque dans ses racines.

L'Inde, partagée en castes, ne laissait d'essor à l'intelligence que dans celle des brahmines ; les deux autres castes,
réduites à l'inertie, ne pouvaient ni produire intellectuel-
lement ni d'une autre manière ; elles étaient parquées, et
avec elles leur intelligence, qui ne pouvait se développer.

Un sage de la Perse a dit : « Un peuple devrait être ce
qu'est la vendange sous le pressoir, c'est-à-dire que chaque grain doit rendre ce qu'il a reçu de la nature ; pourquoi rejeter tous les grains de raisin et n'en choisir qu'un
petit nombre pour en extraire la liqueur précieuse de
Chiras ; les autres n'en contiennent-ils pas autant ? »

Les castes tuèrent l'Inde antique ; les castes contribuent
encore à son asservissement. Le christianisme seul aurait
pu relever ces populations asservies et avilies ; et Dupleix
pouvait produire ce miracle.

Qu'est-ce que l'Inde actuelle? Des roitelets, des amirs,
et des pensionnés de la Compagnie anglaise.

Une bande de marchands s'est emparée par la ruse, par
la corruption et par la violation des serments, du territoire

d'un grand peuple. Les Indous ne sont plus des hommes;
leurs brahmanes ne peuvent plus faire le bien, mais le
mal. Les idées religieuses extravagantes qui les dominent,
dirigent seules leurs actions : un Indou aimerait mieux se
soumettre à l'avilissement le plus complet, que de tuer
un singe, que de manger la chair des animaux ; et leurs
brahmanes les entretiennent dans ces folles superstitions et
approuvent les sacrifices funèbres de Kali. Ce peuple est
aussi avili qu'un peuple peut l'être ; le sentiment de la
dignité humaine n'existe plus en lui : il est esclave et ne
conçoit pas une idée qui soit au-dessus de l'esclavage.
Les idées religieuses si extravagantes chez lui ont pu
seules le remuer un instant. Il ne sentait pas son asservissement, son abrutissement, mais dès qu'on lui a persuadé
que les cartouches de ses fusils étaient ointes de graisse,
défendue par ses principes religieux, et qu'il serait obligé
de les porter a ses lèvres pour en briser l'enveloppe, il
s'est révolté : il ne se révoltait pas sous les coups de cravache des anglais, sous l'ignoble servitude qui l'aplatissait,
et il s'est révolté dès qu'un peu de graisse défendue a touché ses lèvres !

Que faire d'un pareil peuple? Les brahmanes seuls
pouvaient le relever ; mais les brahmanes sont aussi tombés
dans l'abjection de la servitude ! Un voyageur a eu raison
de dire : Les brahmanes ne peuvent plus faire le bien,
mais seulement coopérer au mal. On en a trouvé d'associés
aux Thugs, aux Bils, aux Dacoïtes, et partageant les brigandages de ces misérables.

L'Anglais domine, mais il domine avec une hauteur qui
ne permet pas l'assimilation. Qu'un homme de génie
s'élève dans les populations montagnardes moins abâtar-

dies ; qu'il fasse appel aux sentiments religieux, mais non
à la nationalité, elle n'existe plus aux Indes ; et s'il a du
génie, ce ne sera plus un misérable brigand comme Nana-
Saïb, mais un homme qui pourra contrebalancer la puissance de l'Angleterre.

En effet, qu'est l'Inde aujourd'hui ? Un amas de principicules ne connaissant que le luxe effréné de l'Orient, et
sacrifiant patrie, honneur, liberté individuelle à une pen-
sion faite par la Compagnie anglaise. En réalité, qu'est un
peuple qui n'a pas de patrie, qui dépend de pensionnaires
anglais, et dont les idées ne s'étendent pas au-delà d'un
territoire limité ? Et encore, est-ce au territoire que leurs
idées s'attachent ? Non, c'est aux maîtres ou aux prétendus
maîtres de ce territoire que se portent leurs pensées : elles
ne vont pas plus loin.

La domination française eût tout changé : le caractère
de la nationalité est assimilable ; celui de la nationalité
anglaise ne l'est pas. La force, la ruse, l'astuce et le mépris
de tout ce qu'il y a d'honorable dans le sentiment humain,
lui est étranger.

A la suite de la domination de Dupleix, des mission-
naires catholiques auraient pénétré dans l'Indoustan ;
ralliant ces populations en désaccord à la grande unité
catholique, elles auraient fait un peuple, et ce peuple eût
pu reprendre la chaîne de ses anciennes traditions civilisatrices.

Mais le sort en a décidé autrement : l'Inde est anglaise,
et l'Angleterre ne fait rien pour relever le moral de ces
populations.

Il est vraiment déplorable de voir une aussi magnifique

contrée exploitée par les cadets des familles anglaises, et descendue au rang des bêtes brutes.

Mais revenons au récit de lord Churchill, et rappelons-nous que, si par la réunion des trois royaumes il était Anglais, il ne l'était ni par les traditions de famille, ni par l'éducation, ni par les premières années de sa jeunesse.

Nous l'avons laissé à l'époque de la saison des pluies, blessé, dans une station anglaise, et dans un temple abandonné de Budapoor. Sa convalescence fut lente; les ongles d'un tigre laissent de profondes blessures, et il fut fort heureux de ne pas se relever estropié.

CHAPITRE II.

Arrivée dans un campement anglais, près du temple de Budapoor. — Pluie torrentielle. — Tempête et cyclône. — Terrible situation. — Invasion de rongeurs et de reptiles de toute sorte. — Myriades d'insectes. — Nuit épouvantable. — Vent du nord. — Retour du soleil. — Départ des Anglais. — Quelques renseignements sur leur manière de vivre. — Achat de chevaux. — Quatre serviteurs de plus. — Départ pour la bourgade des brahmanes.

Nous avons vu que la saison des pluies commençait lorsque nos chasseurs furent accueillis dans la station anglaise près du temple abandonné de Budapoor. Cette saison est probablement ce qu'elle n'est dans aucune autre partie du monde : les eaux tombent vraiment en torrents, aucune sortie n'est possible sans dangers, tout est inondé ;

et ce n'est pas tout : des maux plus insupportables, plus
inévitables que la pluie, fondent sur les habitations des
hommes. Les rongeurs, chassés de leurs trous souterrains,
les reptiles de toute espèce, fuyant l'inondation, se réfu-
gient vers les lieux habités, entrent partout, pénètrent
partout, rongent, dévorent tout, et souvent celui qui
s'étend sur sa couche la trouve occupée par des reptiles
ou rongée par des rats de toute couleur et de toute grosseur : il faut leur faire une chasse en règle, avant de pouvoir se coucher avec sécurité. Il est impossible, si l'on n'a
pas habité l'Inde, de se faire une idée de la prodigieuse
multiplicité de tous ces êtres malfaisants.

Que devait-il en être dans le temple inhabité depuis des
siècles où nos chasseurs avaient trouvé un abri? Entouré
de djungles, de lianes, de grands arbres, perdu dans ce
fouillis de toute verdure, le temps l'eût complètement
rongé, si, selon l'habitude des anciens peuples de l'Inde,
il n'eût été taillé dans le roc vif. Mais l'envahissement des
reptiles, des rongeurs, des insectes qui venaient sans doute
à leur tour, et après les tigres, chercher un refuge dans ces
anciennes cavités, en rendit le séjour tellement insuppor-
table, qu'il fallut combattre jour et nuit contre cet envahissement terrible.

Lord Churchill était parvenu à faire attacher son hamac
à la voûte du temple, et enveloppé dans son moustiquaire
il eût dû trouver quelque repos; mais inutilement! un
bourdonnement continuel et strident l'empêchait de se livrer
au sommeil. Sous le hamac, Phlox combattait continuelle-
ment contre les rongeurs et contre les serpents : en vain
le docteur avait fait ramasser par le Malgache et l'Américain des monceaux de bois sec et vert pour entretenir un

feu à l'entrée du temple, et en chasser à force de fumée les insectes bourdonnants dont les morsures étaient si piquantes et si douloureuses. A la lueur de la flamme, on voyait ramper des reptiles de toute couleur, des monstres inconnus dans l'Europe, aux formes hideuses, des légions de rats traversant comme insensés les points les moins ardents de la flamme, grimpant le long des parois, et pénétrant dans l'intérieur du temple. C'était une lutte incessante, dégoûtante, et les soldats de la station anglaise faisaient un vacarme épouvantable, les officiers dans le bungalow qu'ils avaient fait élever, et une partie de nos soldats dans les chariots, où ils s'étaient entassés.

Voilà le spectacle que présentait le campement anglais ; au-dehors les rauquements des tigres chassés de leurs repaires par l'eau, les glapissements stridents des chacals et autres carnassiers, retentissaient comme un hurlement de temps en temps interrompu et repris avec plus de violence. Tous ces bruits infernaux se mêlant au grondement de la tempête, au craquement des arbres dépouillés de leurs rameaux ou déracinés, et enfin au bruit continuel de la pluie qui tombait sur des mares d'eau, sur les feuilles des arbres, et qui crépitait sur la toiture du bungalow et sur la couverture en tôle de nos deux chariots.

Je me suis souvent trouvé, dit lord Churchill, témoin des tempêtes épouvantables du cap de Bonne-Espérance, mais je n'ai jamais entendu rien de semblable à ce qui épouvanta mes oreilles la seconde nuit de la saison des pluies. Certes, je crus quelques instants que le monde allait s'effondrer. Le jour commença à poindre, lueur blafarde, tamisée à travers des monceaux de nuages, diminuée encore par les gouttes de pluie qui ne cessait de tomber. Je succombais à la fatigue d'esprit et au besoin impérieux du sommeil, quand la voix du docteur sortit du hamac voisin du mien.

— Quelle nuit, milord! l'homme, eût-il un tempérament de fer, ne pourrait supporter longtemps une pareille existence.

— Que sont devenus nos compagnons? lui demandai-je.

— Il faudrait plus de clarté pour que je pusse les distinguer dans ces cavités : mais attendez un peu, je vois votre Malgache qui jette du bois sur votre brasier presque éteint.

J'élevai la voix et je l'appelai.

— Eh bien! mon pauvre ami, lui demandai-je, comment as-tu passé cette nuit ?

— Nuit d'enfer, maître, me répondit-il ; si les serpents n'avaient pas oublié de mordre, j'aurais été un homme de moins ; et levant un reptile d'environ trois pieds de long, il me dit :

— Voyez, maître, voici mon camarade de nuit. Il s'était tout uniment étendu sur ma poitrine pour se réchauffer.

Et il le jeta dans le brasier ardent.

— Et l'Américain? lui demandai-je.

— Oh! l'Américain, je ne sais ce qu'il est devenu ; je l'ai vu au commencement de la nuit prendre un long tison embrasé, et l'enfoncer là à droite, dans ce trou ; depuis, je ne l'ai pas revu.

Le docteur descendit précipitamment de son hamac et se dirigea vers le point indiqué par le Malgache. C'était un trou rond, par lequel un homme pouvait facilement passer ; il appela à plusieurs reprises son compagnon. Enfin, une voix sortant comme des profondeurs de la terre lui répondit, et peu après nous vîmes notre compagnon sortir comme un renard de son trou.

— Il y a, nous dit-il, dans les cavités de ce rocher, des couloirs infinis ; je n'ai osé m'y aventurer, crainte de tomber dans quelque abîme, et j'ai pu me reposer quelques heures durant la nuit.

Des torrents de pluie ne cessaient de tomber ; la violence du vent redoublait, et la grande voix du tonnerre retentit au milieu de tout ce cataclysme. Les éclairs se succédèrent avec rapidité. Les soldats, exténués, trempés jusqu'aux os, se réfugièrent en foule dans le temple. Le bungalow des officiers avait été entr'ouvert par la chute d'un arbre, ils cherchèrent un refuge dans nos chariots, que la tempête avait épargnés jusqu'alors. Notre position devint plus que navrante.

Le docteur se hasarda, sous cette pluie diluvienne, à sortir, pour examiner ce qui se passait aux alentours.

— Ah ! nous dit-il en rentrant, les eaux n'ont pas encore atteint l'élévation du sol où nous nous trouvons, mais si elles continuent, il nous sera impossible de rester dans cette retraite. J'ai vu aux environs des ravins, semblables à des torrents, entraîner les corps noyés des chacals si nombreux aux environs de Calcutta, des hyènes, des singes, des antilopes, des gazelles et de toute espèce de quadrupèdes.

Pensant que nos provisions pouvaient être endommagées par les rongeurs, j'ai péché les corps d'un sanglier et d'une antilope : le Malgache les a amarrés au pied d'un demi-tronc d'arbre. Il attend l'Américain pour les traîner jusqu'ici.

— Veuillez, docteur, examiner si nos provisions de riz et d'autres comestibles n'ont pas été dévorées par les rongeurs. Dans la situation actuelle, nous avions tout à craindre des cipayes : ayant en horreur presque toute espèce de chair, ils se seraient jetés avec avidité sur nos provisions de riz et toutes celles qui n'appartiennent point au règne animal.

Sans prévoir les positions difficiles où nous pourrions nous trouver, et ne mettant en garde nos provisions que contre les insectes, j'avais fait doubler les boîtes qui contenaient ces provisions, avec du ferblanc très-mince, mais dont la résistance suffisait pour les mettre à l'abri des insectes et des rongeurs. Nos provisions se trouvèrent intactes, mais les quartiers de venaison que nous avions apportés étaient entièrement rongés et corrompus.

Ma blessure semblait prendre un caractère peu rassurant, et j'en souffrais cruellement. La chaleur étouffante qui nous permettait à peine de respirer, augmentait, et du dehors des bouffées humides, en pénétrant dans notre retraite, achevaient de nous énerver complètement.

J'avoue que je crus laisser mes os dans ce lieu funèbre, et que malgré l'énergie de mon caractère, je sentis qu'il m'était impossible de résister plus longtemps (1).

(1) Sur aucun autre point de l'Inde, le contenu des nuages ne se déverse sur le sol en lignes si serrées et si pesantes. Souvent ce sont de véritables masses se précipitant avec la fureur et l'impétuosité d'une cataracte.

Sous ces avalanches dissolvantes, les huttes des indigènes se détrempent et s'écroulent. Si ce déluge épargne les habitations somptueuses de leurs princes et de leurs maîtres européens, il les livre néanmoins à l'invasion de myriades d'insectes et de reptiles cherchant des asiles contre les éléments qui bouleversent leurs repaires. C'est pour les

Dans les jours les plus désespérés, il faut toujours se raccrocher à l'espérance : c'était la doctrine de mon ami le docteur, et je m'en trouvai bien ; quant à l'Américain, il se montrait d'un stoïcisme tel, que je crois que la terre se serait abaissée sous ses pieds, qu'il n'eût pas froncé les sourcils. Mon Malgache, tout en se comportant avec autant

peuples l'époque d'une immense misère, pour les riches, d'un immense ennui. C'est pour tous une source d'alarmes, un temps de contacts immondes ou dangereux.

Bien que nous eussions quitté Calcutta avant l'époque où commence le déluge annuel des tropiques, nous ne franchîmes pas les cent trente lieues de plaine qui séparent cette capitale des montagnes du Sikkim sans avoir éprouvé les effets d'une de ces convulsions de l'atmosphère, dont nos climats ne peuvent donner l'idée. Auprès de Dinajepoor, sur un de ces canaux naturels qui portent au grand Gange une partie des eaux de la Testa, nous faillîmes périr dans une véritable tempête maritime. L'embarcation qui nous portait, battue par des lames énormes, et soulevée avec elles par une violente colonne d'air ascendante, fut jetée loin du fleuve dans un djungle marécageux, où nous dûmes l'abandonner. Réfugiés dans un bungalow du voisinage, nous apprîmes avec stupeur que nous ne nous étions trouvés que sur l'extrême limite de la sphère d'action de l'ouragan.

Le tableau qu'on nous fit le lendemain de la ligne où s'était appesantie sa rage était si étrange, que je ne pouvais y ajouter foi ; mais, quand je vis ces rapports confirmés par nos compagnons de voyage, qui s'étaient rendus sur les lieux, je voulus aussi juger par moi-même des ravages causés par cet affreux typhon. La zône qu'il avait parcourue n'était plus qu'un chaos d'où s'exhalait l'odeur de cadavres en putréfaction. Une personne qui avait été témoin de la catastrophe, me raconta qu'au moment où avait commencé à souffler du sud-ouest un vent précurseur de l'orage, une masse nuageuse, noire comme le jais et semblable à une tour dont la base rasait le sol, et dont le sommet se perdait dans les airs, s'était précipitée des montagnes du nord, tandis qu'une trombe toute semblable se formait dans la plaine, et s'avançait dans une direction opposée. Au moment où elles se rencontrèrent, violemment poussées par des vents contraires, elles tournoyèrent un instant l'une sur l'autre, et la chaleur acquit tout à coup une intensité excessive ; puis les deux masses parurent se confondre. La lumière du jour fit place à

de stoïcisme, ne perdait pas le sentiment de sa personnalité; mais, avant tout, il faut que je lui rende justice, il mettait la mienne au-dessus de la sienne, et rivalisait avec mon Phlox pour le dévouement.

La nuit approchait, lorsque le Malgache et l'Américain entrèrent presque joyeux.

— Maître, me dit le premier, le vent souffle toujours avec violence, mais il a changé et vient de là-haut (sa main tendue indiquait le nord) ; et s'il continue, nous aurons du soleil toute la nuit.

Le pauvre garçon s'imaginait que les nuages seuls nous avaient empêché de voir le soleil, et que dès que le vent du nord aurait balayé les nuages vers l'océan, le soleil luirait comme en plein jour.

Un air beaucoup plus frais commençait à circuler ; nos poumons se dilataient, et un bien-être sensible se répandait dans notre organisme.

A l'instant, les officiers anglais vinrent me rendre cérémonieusement visite : ils avaient tant souffert de la tempête, me dirent-ils, que leurs provisions étant avariées, leurs habits trempés et mis hors d'état de servir, ils allaient décamper et profiter de cette relâche du mauvais

l'obscurité la plus profonde, et soudain, au milieu des maisons écroulées des bambous cassés, des arbres déracinés, hommes, femmes, enfants, bestiaux, emportés par le tourbillon dans toutes les directions, furent lancés meurtris dans les débris, broyés contre des troncs gigantesques littéralement embrochés sur des fragments de bambous, ou ensevelis sous les ruines de leurs habitations. Des deux côtés de la route suivie par l'ouragan, il était tombé des grêlons de la grosseur des briques ordinaires; cette zone de ruines et de morts pouvait avoir deux cent soixante-dix mètres de large, mais sa longueur est restée inconnue.

(LANOYE, *Station dans l'Inde.*)

temps pour se rapprocher des environs de Calcutta (1). Ils
m'offrirent, avec des précautions oratoires, de me laisser
quelques chevaux pour conduire mes chariots, dans le cas
où je me déciderais à gagner les hautes terres, où je respi-
rerais un air plus salubre et plus propre à hâter la guérison
de ma blessure.

— Si, d'un autre côté, me dirent-ils, l'intention de
milord est de se rapprocher de Calcutta, nous lui enverrons

(1) En faisant connaître la manière dont les officiers anglais vivent
dans les camps, on comprendra que les deux jours de tempête durent
singulièrement contraster avec leur genre de vie, mou et efféminé, dont
ils ne se départissent pas même dans les campements. Dès qu'ils sont
de retour de l'inspection des exercices, des béhras, sorte de serviteurs
spéciaux, accourent pour les débotter et les déshabiller ; ils leur passent
de larges pantalons et une robe de chambre de mousseline, afin qu'ils
aient mieux le plaisir de prendre le café et de lire les journaux de Calcutta, qui leur arrivent toujours. Peu après, vient le soubadar, ou capi-
taine natif de la compagnie, qui vient militairement rendre compte de
toute chose à son chef, le lieutenant européen. L'heure du déjeuner est
arrivée ; mais ces messieurs pourraient-ils se mettre à table en robe de
chambre ? Leurs gens arrivent, les déshabillent, les baignent, les frottent,
les essuient ; enfin, peignés et rhabillés de blanc pour la troisième fois
depuis leur lever, ils se mettent à table.
Cette table est toujours splendidement servie et couverte d'argenterie ;
l'eau et le beurre ont été refroidis avec du salpêtre, ce qui nécessite l'entretien d'un abdar, serviteur assez dispendieux. Du poisson de diverses
espèces, du riz au carry, des œufs, du pain blanc, du pain bis, des
muffins, des rôties, du thé, du sherry, du champagne, enfin tout ce qui
constitue un déjeuner anglais confortable. Il y a toujours de quoi rassa-
sier trois fois plus de personnes qu'il ne s'en trouve à table ; mais ce
luxe outré ne profite qu'aux corbeaux et aux chacals ; car jamais un
domestique indou ne touche à la desserte de ses maîtres. Ne croyez pas
que ce soit fini : le houkabadar vient déployer derrière son maître un
petit tapis, y dépose religieusement le houka, préparé et allumé, et en
présente le tube à son maître. Il est donc évident que MM. les officiers
anglais qui ne purent durant deux jours passer par ces cérémonies
molles et fastueuses, durent singulièrement souffrir dans leurs habitudes, et profiter de l'occasion de décamper.

un palanquin et des porteurs, qui rendront le retour plus doux et plus facile.

Je les remerciai de leurs gracieuses offres, et j'acceptai trois chevaux, pour le paiement desquels je leur donnai une traite sur mon banquier de Calcutta.

Seulement, je les priai d'ajouter à leurs offres bienveillantes la concession de quelques serviteurs indous, dont le nombre était tel pour eux, qu'ils pouvaient s'en passer jusqu'au premier retranchement anglais.

Ce fut ainsi que je pus augmenter de quatre hommes le nombre de mon escorte.

Ce fut un bonheur pour moi ; l'Américain, qui voulait les observer, et qui s'était mis en relation de paroles avec eux, apprit qu'à environ deux journées et demie nous arriverions dans une bourgade que gouvernait un brahmane de grand renom, et qui avait la réputation de guérir toutes les blessures. Je le chargeai de nous diriger vers cette bourgade, et nous fîmes nos préparatifs de départ pour le lendemain. Je désirais être transporté au grand air, afin de jouir de la clarté du soleil, dont la privation m'avait été si pénible : il était resplendissant, mais la surface de la terre était couverte d'une nuée blanchâtre ; je puis dire qu'elle fumait comme une fournaise ; des odeurs de putréfaction, et qui soulevaient le cœur, arrivaient dans chaque bouffée de vent ; des nuées de corbeaux et de vautours, les uns tournoyant en l'air, et cherchant leurs proies, les autres perchés sur les arbres, montaient, descendaient, et s'acharnaient sur les cadavres entraînés par les torrents : j'en vis de tellement repus qu'ils chancelaient sur les branches, ou qu'ils tombaient à terre comme des masses de plomb. Le sol était parsemé de rats, de serpents noyés, et l'air rempli de blattes, de moustiques, tandis que, sur le sol, trottaient des myriades de grosses fourmis. Les deux proies, le sanglier et l'antilope que le docteur et le Malgache avaient pêchées dans le torrent, se trouvaient tellement décomposées et dévorées par les fourmis et les rats, que mes gens furent oblig ﬞ de les pousser hors du temple.

Des troupes de chacals hurlaient dans les bas-fonds, en dévorant les cadavres, et les rugissement sourds des hyènes arrivaient comme un bruit souterrain.

En comparant la splendeur du ciel à ces vapeurs tantôt rougeâtres, tantôt sombres, qui montaient du sol dans l'atmosphère, on éprouva't de si étranges émotions, que l'on sentait qu'on se trouvait dans un autre monde.

CHAPITRE III.

Par l'adjonction des quatre Indous que m'avaient laissés les Anglais, notre caravane se composait de dix personnes, plus deux chiens qu'une affection particulière pour Phlox

avait retenus auprès de nous. Il me tardait de sortir de
cette atmosphère pestilentielle, et de gagner les hautes
terres, où l'air, plus subtil et moins chargé de vapeurs
nous laisserait une respiration libre et salubre.

Deux de nos Indous marchaient en avant pour éclairer
la route ; les deux autres conduisaient les chevaux, et je
me trouvais seul avec le docteur dans le premier chariot ;
le Malgache et l'Américain, suivis de nos deux anciens
serviteurs, marchaient à côté des deux premiers, montés
sur deux chevaux, et les autres suivaient à pied

A mesure que nous nous éloignions des terrains qu'on
nomme Sunderbunds, les vapeurs stupéfiantes se dissi-
paient, et nous entrions dans un pays moins ravagé, et qui
nous offrait plus d'occasions de nous procurer du gibier.

Un peu avant le milieu du jour, nous fîmes une halte
sous des arbres touffus, et nous attendîmes le rapport de
nos éclaireurs. Voici ce qu'ils nous racontèrent :

« Les inondations ayant chassé les tigres et les carnassiers des bas-fonds qui forment leurs repaires, ils se sont
répandus dans les plaines et les djungles plus élevés ; mais
nous n'avons rien à craindre de leurs attaques ; le nombre
des victimes noyées dans l'inondation est tel, qu'ils ont de
quoi se repaître durant plusieurs jours. Cependant, ajou-
tèrent-ils, le tigre n'aime pas la proie morte, et ce n'est que
pressé par la faim qu'il s'en assouvit. Si nous n'en avons
pas découvert un seul, nous avons en outre remarqué un
grand nombre de leurs traces. »

Ainsi, je me trouvais renfermé dans mon chariot, incapable de lutter contre ces terribles animaux, et réduit à une
impuissance qui me fatiguait.

Je fis transporter mon hamac à l'ouverture du premier

chariot ; mais deux carabines chargées, et mes autres
armes furent mises à la portée de ma main, et j'attendais,
puis-je le dire, dans l'état où je me trouvais, le moment
où je pourrais faire usage de mes armes, et me livrer à ma
passion insurmontable de chasseur. Nous avancions, mais
lentement ; les chevaux que m'avaient vendus les Anglais
n'avaient ni la force ni l'énergie des trois qui me restaient.

Quelle magnifique et riche pays ! Partout des océans de
verdure ; partout des arbres dont les fruits pouvaient servir à la nourriture de l'homme ; partout un sol si prodi-
gieusement fécond, que les arbustes s'élevaient à la
hauteur des arbres de nos contrées européennes. C'étaient
encore des djungles, mais des djungles s'élevant sur un
sol sec et non inondé de vapeurs marécageuses.

Le docteur était dans l'admiration. Il en oubliait presque
les boîtes renfermant ses collections : il courait comme un
enfant à droite et à gauche, cueillant des fleurs et des
plantes, et revenait tout joyeux les étaler sous mes yeux.

Le soir, il était enchanté ; d'un coup de carabine, l'Américain avait abattu un énorme sanglier, en se servant des
balles explosibles du docteur.

— Quel souper nous allons faire ! s'écria-t-il ; il a six
pouces de graisse sur le dos ; ce n'est pas l'Europe qui
nous donnerait une telle venaison.

Il était si enchanté, qu'après avoir examiné ma blessure, il m'affirma qu'avant peu elle serait fermée et complètement guérie : mais avant tout, il me défendit l'usage
du vin et du wiski (il nommait ainsi l'eau-de-vie de riz),
et me recommandait en même temps la sobriété et l'usage
de l'eau.

Je lui dis en souriant :

— Allez donc, docteur, faire votre cuisine loin de mes yeux, et sous le vent, pour que je n'en aie ni la vue ni l'odeur.

Jusqu'ici je n'ai point parlé des habitations des Indous, ni de la population qui circule le long des voies praticables. La raison est simple : nous cherchions les tigres dans les djungles, et ce n'est pas là que l'on trouve les hommes et leurs habitations.

Marchant maintenant dans les grandes voies de communication, ayant de tous côtés sous nos yeux des lieux habités, je puis bien en dire quelque chose.

A l'aide de ma lorgnette, je pus remarquer que les habitations assez nombreuses étaient isolées, et toutes environnées de hautes palissades de bambous. Des rizières offraient leurs nappes verdoyantes dans les bas-fonds ; plus haut, et à la limite des forêts, des champs labourés et couverts d'épis de blé, de maïs, de sorgho, et d'autres plantes que je ne connaissais pas. L'habitation de l'Indou se compose de briques cuites au soleil et rarement au feu ; je ne pus en distinguer qu'une ou deux qui eussent un premier étage. Mais autour, se voyaient des jardins ombragés d'arbres fruitiers de toute espèce, et même de ceux de l'Europe. Je ne distinguai que dans un seul coin de terre les tiges de pommes de terre introduites par les Anglais. Le bétail, quoique le bœuf et la vache soient des animaux sacrés aux Indes, était assez nombreux, et employé aux travaux de l'agriculture, soit à traîner des chars, soit à porter des fardeaux.

Le bœuf indien a deux bosses sur les épaules ; il est plus petit que ceux des contrées européennes, mais plus agile, et peut servir même de monture aux populations.

. Parler des singes, c'est en quelque sorte parler d'une
population inférieure de l'Indoustan : vous les voyez partout, peuplant les forêts, sautant sur les arbres des environs des habitations, et s'emparant en maîtres des fruits
que produisent les arbres que les Indous ont plantés. Ils
sont tellement familiarisés, qu'ils se dérangent à peine
pour regarder les passants : ce sont des animaux sacrés.
Les Indous, dans les associations de Thugs, de Bils et
Dacoïtes, ne respectent pas la vie humaine ; mais un de
ces brigands se garderait bien de donner la mort à un
singe.

Mon Phlox ne pensait pas ainsi, et faillit nous attirer
une très-mauvaise affaire. Nos chariots cheminaient lentement en gravissant une pente ombragée de tous côtés
par de grands arbres : nombre de voyageurs, les uns
marchant en avant, les autres en arrière, nous croisaient à
chaque instant sur la route. C'étaient de pauvres Indous
à demi-vétus, portant, les uns sur la tête, les autres sur
les épaules, des paniers tissus de bambous, et pleins de je
ne sais quelles provisions. Nous en vîmes une petite caravane, qui portait au bout de bambous appuyés sur leurs
épaules de grosses cruches remplies de l'eau du Gange.
Un de nos serviteurs indous nous dit qu'ils allaient la
vendre dans les habitations, et que lorsque leurs cruches
étaient vides ils les remplissaient de nouveau au premier
ruisseau. Il ajouta, avec ce sourire que donne la soumis-
sion et la croyance ferme aux préjugés : si ce n'est pas de
l'eau du Gange qu'ils distribuent partout, ils en ont du
moins l'intention, et c'est ainsi que ces pauvres gens
peuvent vivre.

Nous arrivions en vue du bungalow, et la route était

presque couverte de voyageurs : tout à coup deux singes
s'élancent de l'arbre qui couvrait notre premier chariot, et
s'emparent de bananes que nous y avions disposées dans
des paniers : un des paniers chavira et tomba sur la route;
les singes l'y suivirent aussi promptement; Phlox sauta
sur eux et les étrangla en un clin d'œil Grande rumeur
parmi les passants, et même cris de colère et d'indignation. Nos serviteurs indous s'y associèrent aussi, et nous
allions être assiégés sans l'idée burlesque qui vint au
docteur.

Je crois avoir dit que nous avions une bonne provision
de feux d'artifice; il mit le feu à une fusée rasante, et la
lança contre une vingtaine de fanatiques.

Ce fut pour nous un spectacle aussi risible qu'étrange :
les étincelles jaillissant avec pétillement, mirent en déroute
et avec tant d'effroi les assaillants, que les porteurs d'eau
du Gange laissèrent tomber leurs cruches, les autres leurs
fardeaux, et tous s'enfuirent en poussant de véritables hurlements.

Comprenant la gravité de notre situation, j'ordonnai de
pousser vivement vers le bungalow, de nous y installer,
ainsi que dans nos chariots. Je m'avisai aussi d'étendre les
peaux de tigres que nous avions sur nos chariots et de faire
crier par nos serviteurs indous que nous étions des chasseur de tigres, envoyés par Brahma, repoussant toute
agression, qu'elle nous vînt des hommes ou des bêtes.

Un triste accident vint à notre secours : un tigre embus-
qué sur le bord de la route enleva un des voyageurs.
Ainsi, la terreur tombait sur eux, et de notre côté, et du
côté des tigres.

— Viens, dit l'Américain au Malgache, j'ai vu le tigre

entrer dans ce fourré; il y dévore sa proie, nous pourrons le surprendre à l'improviste.

Sans demander mon assentiment, les deux hardis chasseurs, à la vue des voyageurs encore effrayés, pénétrèrent dans le fourré. C'est à peine si je pus retenir Phlox, sur lequel les Indous seraient tombés avec la fureur du fanatisme.

Nous touchions au bungalow, lorsque une explosion aussitôt suivie d'une autre retentit, puis un rauquement tellement formidable, que les Indous se jetèrent à terre. Nos deux chasseurs avaient emporté chacun deux carabines, ce fut donc avec anxiété que j'attendis de nouvelles détonations. Une seule fut entendue, mais elle était si sourde, que je jugeai qu'elle avait eu lieu à bout portant. Près d'un quart d'heure d'attente plein d'angoisses se passa; enfin, le Malgache et l'Américain sortirent du hallier, traînant après eux le cadavre d'un tigre énorme.

A cette vue, les voyageurs de toute espèce qui s'étaient réunis autour du bungalow poussèrent des cris d'enthousiasme : le tigre est l'ennemi de tout le monde, quelle que soient les croyances religieuses, et ceux qui le tuent ont bien mérité de tous les sectaires, car ils les ont débarrassés d'un ennemi terrible.

L'orage que mon brave Phlox avait fait naître se changea en ovations. Mais ce fut bien pis encore, quand un de nos serviteurs indous, soit stupide crédulité, soit, ce qui est peu supposable, malice, déclara aux assistants qu'il savait que mon chien Phlox était consacré à la déesse Bowanie. A cette déclaration, il y eut parmi les voyageurs un sentiment d'effroi, et, en vérité, si je ne l'avais vu, je ne le croirais pas.

Plusieurs Indous se mirent à genoux devant mon chien,
élevèrent les mains au-dessus de leurs têtes, et se proster-
nèrent la face contre terre.

Phlox, en véritable être supérieur, ne fit pas attention à
ces prostrations, et s'approcha du cadavre du tigre en
hérissant ses poils. Sa haute et puissante taille pouvait
bien influencer de crédules Indous, et leur faire voir dans
un chien de Terre-Neuve une incarnation nouvelle de leurs
dieux.

A quelle aberration, à quelle dégradation de l'espèce
humaine peuvent conduire les croyances monstrueuses !

Mon ami le docteur en était tout stupéfait : mais nous
étions dans un jour d'étonnement et de surprises inconcevables.

Une vingtaine d'Indous arrivaient ; ils portaient au
milieu d'eux un palanquin, découvert, contre l'habitude.
Dans ce palanquin était assis, soutenu par des liens, non
un homme, mais le cadavre vivant d'un homme : deux
pièces de bambous soutenaient ses bras tendus en l'air, et
au bout de ses bras se recourbaient des mains crochues et
dont les ongles entraient non dans les chairs, il n'y en
avait plus, mais dans la peau, entre les os. C'était un fakir
qui, sentant que sa fin approchait, avait commandé à ses
admirateurs de le porter sur les bords du Gange, afin qu'il
terminât sa vie dans les eaux du fleuve sacré.

De mon hamac, je voyais ce spectacle inouï pour moi, et
je me demandais à quel point d'ignorante superstition pouvaient se porter des hommes. L'Américain se comprimait
la bouche de son mouchoir pour dissimuler un fou rire ;
mon Malgache ouvrait ses grands yeux ronds, et regardait, indifférent à tout ce qui se passait autour de lui :

quant au docteur, toujours positiviste, il fit enlever le cadavre du tigre et l'apporter entre nos deux voitures, afin d'en
conserver la peau, car les Indous l'accablaient de pierres,
accompagnées de malédictions, et n'épargnaient pas les
coups de rotins et de bambous.

Si le fakir avait ses adorateurs enthousiastes, mon Phlox
partageait cet entraînement; lui, le terrible représentant
de Bowanhie, avait non ses admirateurs, mais ses craintifs
adorateurs.

Le bungalow nous fut entièrement abandonné : ces
sortes de constructions se trouvent sur toutes les routes de
l'Inde, à la distance l'une de l'autre d'une journée de
marche.

Un bungalow contient plusieurs appartements, dans
lesquels on trouve une table, des chaises et un meuble qu'on
nomme sopha, pour reposer la nuit. Des serviteurs sont
attachés à ces établissements, et pourvoient, moyennant
rétribution, aux besoins les plus stricts des voyageurs. Si
notre nuit n'eût pas été troublée par les cris des chacals, les
roulements de voix des oiseaux de nuit, nous aurions pu
la passer aussi paisiblement que dans une ville; mais nous
étions habitués à ces clameurs, et nos chiens et même nos
chevaux ne donnèrent aucun signe d'inquiétude.

Voici ce que nous racontèrent nos deux chasseurs qui
avaient tué le tigre; le Malgache était peu verbeux de sa
nature, ce fut donc l'Américain, son compagnon de chasse,
qui prit la parole :

— Nous arrivâmes à propos, le tigre dévorait, en faisant
craquer les os, l'Indou qu'il venait d'emporter. Je dis au
Malgache :

— Nous ne sommes pas bien postés pour le tirer à la
tête, appuyons un peu à droite.

Mais le bruit que nous fîmes en écartant les broussailles
attira l'attention du carnassier. Il leva de notre côté sa
tête et sa gueule sanglante. Je le visai, et ma balle l'atteignit au-dessous de l'oreille, comme vous pouvez voir : celle
du Malgache le frappa presque en même temps : quoique
blessé, le tigre, d'un seul bond, fut à deux pas de moi. Je
puis dire que ce fut la carabine appuyée sur son front que
je lâchai mon coup. Il tomba en poussant un rauquement
épouvantable. Le Malgache allait lui décharger le coup de
sa seconde carabine, lorsque je lui dis :

— Ne perds ni ta poudre ni ta balle ; écartons-nous, et
laissons-le mourir dans les convulsions de l'agonie.

CHAPITRE IV.

Un accident heureux. — Changement dans la foule. — Arrivée à une
résidence anglaise. — Départ pour le domicile du brahmane Ram-
Muhum-Roy. — Réception hospitalière. — Caractère du brahmane. —
Il s'occupe de la guérison de la blessure de lord Churchill. — Etonnement du docteur. — Manière dont le brahmane traite la blessure. —
Observations sur le climat de l'Inde à l'époque des pluies, relative-
ment aux blessures. — Guérison rapide. — Détails d'intérieur. —
Intimité du docteur et de son hôte. — Détails donnés sur la caste des
brahmanes.

Notre position était bien changée depuis la mort du
tigre, et au lieu de gens furieux et exaspérés contre nous,
nous ne voyions plus que des misérables asservis par la
superstition, et tremblant devant nous. Des provisions de
bouche nous arrivèrent de tous côtés ; je les fis payer libé-
ralement ; nous étions montés trop haut dans l'opinion
publique pour être parcimonieux.

Nous nous remîmes en route pour la ville de Brodapoor,
où nous arrivâmes le lendemain vers le milieu de la journée. Avec les recommandations que j'avais pour les rési-
dents anglais, et ne pouvant me rendre moi-même près
d'eux, je priai le docteur de me suppléer.

Mon titre, ma réputation de chasseur de tigres qui nous
avaient devancés, nous valurent une réception hospitalière,
et même fastueuse, ce qui contrastait avec mes goûts
simples et indépendants de toute étiquette. Je fus admis
avec ma suite dans les bâtiments somptueux dépendant de
la résidence. Une foule de serviteurs fut mise à mes ordres.

et je me trouvai plus gêné que dans nos voyages en
chariots.

Là, encore, je fus étonné du luxe et de l'ostentation que
les Anglais déployaient dans l'Inde. Le résident voulut
me traiter selon ce qu'il appelait ma condition, et fit couvrir ma table d'une multitude de mets que ma sobriété
naturelle n'admettait pas. Cette foule de valets circulant
autour de moi, s'empressant de prévenir mes moindres
besoins, et m'arrachant, par leur importunité, à mes
réflexions simples et naturelles, me fatiguait. Le luxe de
l'argenterie déployée sur ma table, me faisait réfléchir que
tout ce superflu était arraché aux sueurs des malheureux
Indous. Par bonheur, le docteur, le seul avec qui je pouvais m'entretenir, partageait mon opinion, et déplorait
l'abrutissement d'un grand peuple soumis à des maîtres
avides et insolents.

Le brahmane dont on m'avait parlé habitait à plusieurs
milles de la ville, et la pagode autour de laquelle il s'était
établi attirait de nombreux pèlerins.

Sans devenir plus mauvaise, ma blessure ne se cica-
trisait pas; cependant, je puis le dire, le docteur me donnait tous ses soins, et s'il n'avait pas les résultats qu'il en
attendait, c'est qu'il ignorait les influences du climat.

Les pluies avaient recommencé avec violence, et les
exhalaisons de la terre produisaient des maladies aiguës.
Les Indous seuls paraissaient à l'abri de ces fièvres inter-
mittentes, pernicieuses, mais les Européens affaiblis, exténués, restaient claquemurés dans leurs demeures.

— Il faut partir, me dit le docteur; cette situation ne me
paraît pas salubre, et si les renseignements que je ne puis
me procurer sont vrais, la demeure du brahmane nous

offrira ce que nous ne trouverions pas ici. On le dit très-
riche, et d'une hospitalité inconnue dans l'Inde, excepté
autour des amirs (grands propriétaires terriens) ; puis,
ajouta-t-il, il paraît qu'il a la connaissance de plantes salu-
taires qui attirent autour de lui un nombre considérable de
nalades et de blessés.

Je fis faire mes adieux et mes remerciements au résident
anglais, et, malgré une pluie battante, sous la conduite de
deux guides, nous nous dirigeâmes vers la demeure du
brahmane.

Les routes étaient difficiles, les cahots me fatiguaient
horriblement, quoique mon hamac fût suspendu dans l'intérieur du chariot. Si je n'avais pas tant souffert, malgré la
pluie et le vent qui mugissait à travers les arbres, j'aurais
admiré la prodigieuse fécondité de la terre, et les sites
aussi variés que pittoresques qui se déroulaient sur notre
passage. Mais, bon Dieu ! que de misères aussi je voyais
sur ce sol si riche ; les huttes (car je ne puis leur donner
un autre nom) des Indous étaient démolies sous les torrents
de pluie, et ces malheureux s'abritaient sous ces débris,
eux qui n'avaient pour tout vêtement qu'une simple toile
de coton. Plusieurs mendiants s'approchèrent de nos voitures, se mirent à genoux dans la boue, et tendaient vers
nous des mains suppliantes.

Le docteur, enveloppé dans un vaste manteau, descendit
du chariot et leur distribua du riz et quelques poignées de
blé ; j'ajoutai à ces dons si nécessaires une forte quantité
de roupies ; à la vue de la monnaie, ces pauvres malheureux, qui sans doute n'en avaient guère, poussèrent des
exclamations de joie, et oublièrent et la boue et la pluie.

Bien des misères avaient passé sous mes yeux, mais jamais de si profondes et de si désolantes.

— Ce ne sont plus des hommes, me dit le docteur; ils n'ont conservé que la parole et le sentiment des besoins physiques, et nous avons vu pendant le peu de temps que nous avons passé à la résidence, un luxe inouï, des prodigalités incroyables !

Souffrant physiquement et moralement, je fis presser, autant que je le pus, la marche de nos chariots. Le Malgache, que son corset de liége recouvert de toile imperméable mettait à l'abri de la pluie, avait recouvert sa tête laineuse d'un large chapeau, tissu des tiges légères du bambou. Il allait à pied, sa carabine sous le bras gauche, et paraissait insouciant. Quel contraste avec l'Américain ! Celui-ci, tout aussi indifférent aux torrents de pluie qui tombaient sur lui, et dont il était aussi bien garanti, marchait en véritable chasseur le long de la lisière du chemin; son regard sondait les fourrés, et il écoutait comme si le bruit d'un gibier fuyant à travers les arbres avait frappé son oreille. Tout à coup il s'arrêta, se courba, et mit sa carabine en joue. Le chariot l'avait dépassé lorsque nous entendîmes une détonation : sans attendre d'ordre, le Malgache courut auprès de lui, et peu après, nous les vîmes revenir, le Malgache portant sur les épaules une antilope.

— Bonne chasse, dit le docteur; mais où établirons-nous notre cuisine sous cette pluie diluvienne ?

Je pus remarquer une espèce de consternation peinte sur les visages de nos Indous. Ils détournèrent la tête en signe d'horreur.

— Pauvres niais, dit le docteur, ils préfèrent une poignée de riz cru à un succulent morceau de venaison. Je ne m'étonne pas qu'ils soient si lâches, car l'estomac fournit les trois quarts du courage au cœur.

Nos chevaux paraissaient harassés ; leurs pieds s'enfonçaient dans la boue, et leurs efforts pour tirer les chariots, dont les roues s'enfonçaient aussi, achevèrent d'épuiser leurs forces.

Une halte était nécessaire ; elle fut choisie sous de grands arbres, et nous étendimes entre les deux chariots une grande toile pour mettre nos chevaux à l'abri, et les laisser aux soins des Indous. Pour ne pas trop les effaroucher, l'Américain et le Malgache allèrent dépouiller l'antilope à quelque distance des chariots, et y trouvant un lieu aussi favorable que possible, ils y improvisèrent notre cuisine.

Pendant ce temps-là, je fis distribuer du riz et du pain à nos Indous, afin de les distraire de la vue d'un repas qui leur paraissait un sacrilége. Il pouvait être dix heures du matin ; de temps en temps, entre des nuages, le soleil nous dardait de ses rayons ; si le ciel s'était éclairci, on pouvait espérer de trouver des chemins moins fangeux ; mais voilà que tout à coup j'entendis des clameurs entre les deux voitures, et ne pouvant m'y rendre pour en connaitre la cause, je priai le docteur de descendre du chariot et de s'informer de ce qui se passait. Il revint, l'air courroucé, et pourtant souriant ; il me dit :

— Ce sont ces bêtes stupides d'Indous qui ont senti l'odeur de nos grillades, qui se bouchent le nez, qui se tordent les mains, et qui semblent réduits au désespoir : si nous avions encore beaucoup de chemin à faire avec de pareilles gens, il faudrait nous réduire au régime végétal, si nous voulions les garder à notre service.

— Ils aiment l'eau-de-vie de riz, lui répondis-je, faites-leur en distribuer à chacun une bonne ration ; elle leur relèvera le cœur et combattra leurs préjugés.

C'est ce qui arriva. Tant il est vrai de dire que les liqueurs alcooliques font oublier aux hommes leurs pré-jugés religieux et leurs plus fortes habitudes. Lorsque le Malgache et l'Américain apprirent ce qui s'était passé, ce dernier me demanda ma cravache, et me promit de mettre les Indous à la raison.

— Non, lui répondis-je ; respectons leurs sentiments religieux, quoique dépourvus de raison, et prenons des mesures pour ne pas éveiller leur susceptibilité.

Un des guides nous annonça que l'habitation du brahmane n'était plus qu'à une courte distance, mais qu'il craignait que la route ne fût inondée, au bas de la colline, sur le mont de laquelle l'habitation du brahmane était établie.

Nous avancions lentement, mais nous avancions ; et comme le terrain s'élevait assez sensiblement, j'espérais que les eaux trouveraient assez d'écoulement pour ne pas rendre la route entièrement impraticable. Mon espérance ne fut pas déçue, et quoique avec beaucoup de peine, nous atteignîmes la pente opposée de la colline, qui nous offrit des traces de culture et des plantations régulières d'arbres fruitiers.

Nous entrions dans le domaine de celui qui allait devenir notre hôte, et malgré la pluie, je pus observer les résultats que le travail de l'homme obtient d'une terre riche et féconde.

Des habitations assez nombreuses, toutes toujours entourées de hautes palissades de bambous, s'offrirent sur notre route ; mais elles n'étaient pas d'une construction aussi chétive que celle que nous avions vues auparavant. Elles résistaient aux torrents de pluie, et des Indous circulaient de l'une à l'autre comme des gens qui vaquent à leurs occupations ordinaires. La route était large, et plantée des deux côtés d'arbres fruitiers, de buissons, de fleurs et de plantes que le docteur examina avec admiration.

Bientôt nous découvrîmes à travers les arbres le dôme pointu d'une haute pagode, mais longeant l'enceinte de bambous qui l'entourait ; nous entrâmes dans une autre enceinte qui nous parut un jardin immense. Le docteur bondissait de joie.

— Nous arrivons chez un botaniste, me dit-il, et si le ciel nous accorde quelques beaux jours, je pourrai faire une collection de toutes les plantes et de toutes les fleurs de l'Inde.

Et il se mit à me faire la dénomination de tout ce qu'il trouvait sous ses yeux ; je souffrais trop pour l'écouter avec intérêt, et j'attendais, avec l'impatience que donne la douleur, le moment d'être délivré des cahots de mon chariot.

Une grande et belle habitation, dont les arbres nous avaient dérobé la vue, s'offrit tout à coup devant nous.

Je priai le docteur de prendre les devants et d'aller demander au propriétaire de cette habitation la permission d'y installer, dans quelque coin, nos deux chariots. Il ne fut pas obligé de se rendre jusqu'à l'habitation ; un palanquin porté par des Indous vint au-devant de nous ; le brahmane nous attendait, et nous offrait l'hospitalité.

Je laissai l'Américain et mon nègre veiller sur les chariots, et s'opposer à ce que mes gens ne fissent quelque dégât ; ensuite, déposé dans le palanquin par de vigoureux Indous, je lus transporté sans secousse au domicile du brahmane.

La mollesse orientale a pu seule inventer ce mode de transport, aussi doux qu'agréable. On y est mollement bercé sans éprouver la moindre secousse. A l'entrée de la maison, se tenait un homme de moyen âge, vêtu comme le sont les brahmanes de la première caste. Son accueil fut simple, et évitant toutes les cérémonies de la présentation anglaise, sans prononcer une seule parole, il me fit transporter dans un appartement où je trouvai une couche moelleuse. Il faut avoir pendant plusieurs jours, ayant une blessure que la moindre secousse rendait plus douloureuse, voyagé dans un chariot comme le mien, pour sentir le bien-être que j'éprouvai. Sur une table longue et assez basse, furent servis des aliments : ils consistaient en riz au carry, des petits pains ronds de pur froment, des jattes de lait sucré, et une quantité d'excellents fruits, mais pas de viande. Deux carafes en pur cristal contenaient, l'une une liqueur d'un rouge clair et foncé, l'autre de l'eau pure. Deux couverts étaient mis ; les fourchettes et les cuillers étaient d'argent, les autres accessoires de la table étaient aussi du même métal. Quatre serviteurs se tenaient autour de nous, et ne nous laissaient pas prendre la moindre peine.

Ce cérémonial me parut bien supérieur à l'ostentation vaniteuse des Anglais. Tout, autour de nous, respirait la paix et une large hospitalité. Il fallait satisfaire les besoins de la nature, et de mon côté, je le fis aussi largement que possible ; mais je m'aperçus que mon ami le docteur regrettait ses grasses tranches de venaison.

— Ami, lui dis-je en souriant, nous sommes dans le pays où, par une ascension naturelle, les âmes des animaux passent dans le corps des hommes : la vôtre ne vous viendrait-elle point de quelque carnivore?

— Qu'elle me vienne d'où elle voudra, me répondit-il en se versant un verre de vin, qu'il me déclara être aussi bon que celui de France, il faut bien que je garde les instincts qu'elle m'a apportés, et je vous déclare que je préfèrerais une bonne hure de sanglier à toutes ces sucreries.

Quoi qu'il en soit, l'abri contre la pluie, le repos, une nourriture substantielle, nous avaient presque mis en gaîté.

— Que Dieu bénisse notre hôte, dit le docteur en vidant un second verre; je nommerai ce jour un des plus heureux que j'aie passé dans l'Inde.

A l'instant même, la tapisserie se souleva, et quatre serviteurs indous apportèrent une table sur laquelle se trouvaient trois tasses en cristal reposant sur des soucoupes en argent, et un vase antique du même métal, d'où s'échappait le parfum odorant du moka. Un vase d'une forme singulière, mais gracieuse, contenait dans sa large ouverture des morceaux de sucre artistement entassés. Un autre flacon de cristal contenait un liquide que nous reconnûmes être de l'eau-de-vie de France.

— Diable, me dit le docteur, nous allons être traités comme des nababs : voilà le café et ce que les Français appellent le pousse-café; cette troisième tasse serait-elle pour notre hôte?

A peine avait-il prononcé ces paroles, qu'un craquement

de sandales se fit entendre, et la tapisserie, soulevée de nouveau par deux serviteurs, laissa entrer notre hôte.

Nous l'avions à peine envisagé à notre arrivée ; il était vêtu simplement d'habits flottants de mousseline blanche : sa tête était nue, et ses cheveux, entremêlés de filets d'argent, retombaient en boucles noires sur ses épaules.

A vrai dire, cette apparition subite nous surprit ; mais le calme du visage, la douceur intelligente des yeux, nous remirent aussitôt.

— Saïbs étrangers, nous dit-il, si vous êtes des Anglais, vous ne ressemblez pas aux hommes de cette station : vous êtes mes hôtes, et pour cimenter cette hospitalité, je viens m'asseoir à cette table, et goûter avec vous à cette délicieuse liqueur du moka.

Il prit un siége, s'assit près de nous avec une aisance et une convenance parfaites, et prenant le vase plein de café bouillant, il en remplit nos tasses et nous offrit avec une grâce pleine de simplicité le vase qui contenait le sucre.

Cette bonhomie toute patriarcale nous mit aussitôt à l'aise, mais nous attendîmes que notre hôte engageât la conversation.

C'est ce qu'il fit sans gêne, sans préambule, et il nous parla de nos chasses en homme qui en était bien informé.

— Dans notre Inde, nous dit-il, l'abjection qui résulte d'une domination longue, a fait dégénérer notre espèce ; à peine ose-t-on résister aux carnassiers. Dernièrement, dans la foire de Hourdewar, au milieu d'une réunion de plus de cent mille hommes, un tigre a enlevé un moissonneur, presque au milieu d'eux, sans qu'aucun bras se levât pour le défendre. Si nos forêts profondes n'offraient pas aux tigres des proies suffisantes pour satisfaire leur avidité, ils

règneraient en maîtres dans cette partie du Bengale. Cependant, il ne se passe pas d'année sans qu'ils n'enlèvent,
pour les dévorer, au moins une centaine d'Indous ; je ne
parle pas du nombre incalculable de bestiaux dont ils pri-
vent notre agriculture. Pour la nourriture journalière d'un
tigre, un homme ne suffit pas ; un bœuf et une vache le
rassasient à peine ; à lui seul, le tigre prélève des impôts
presque égaux à ceux dont nous frappent nos oppresseurs.
Soyez donc les bienvenus, vous qui venez diminuer une de
nos calamités, et que sur votre passage on vous offre une
hospitalité aussi cordiale que la mienne. Puis, sans nous
laisser le temps de répondre, il nous demanda le récit de
nos chasses, ce que le docteur, qui aimait à causer, se hâta
de lui faire.

Notre hôte prit le flacon qui contenait ce que nous
croyions être l'eau-de-vie de France, et, nous le passant,
il dit :

— Vous allez juger si l'Inde peut fournir un liquide
aussi généreux que celui qui nous arrive de l'Europe.
Cependant, nous dit-il, je prie le saïb lord de ne pas en
faire usage : il est venu sous mon toit me demander la
guérison d'une blessure terrible ; je veux d'abord y con-
tribuer en lui interdisant toute liqueur capable d'irriter
son sang.

Sa conversation était simple, sensée, et annonçait un
homme qui connaissait l'espèce humaine. Il demanda ensuite
à inspecter ma blessure, et ce qui surprit le docteur, c'est
qu'il en fit l'examen à l'aide d'une loupe très-grossissante.

— Vous vous étonnez peut-être, dit-il en s'adressant
au docteur, de ma manière de procéder, quand il s'agit de
l'inspection des blessures ; si le climat de l'Inde vous était

connu, comme il l'est de moi, surtout dans la saison des
pluies, vous sauriez que des myriades d'insectes invisibles
à l'œil nu, se jettent sur la peau de l'homme, et particuliè-
rement quand elle est entamée, et laisse les chairs béantes:
non contents de sucer les principes de vie en circulation,
ils y déposent une quantité innombrable d'œufs. Sous l'influence d'une chaleur humide, l'éclosion se fait rapidement;
alors les chairs attaquées par ces insectes invisibles se
décomposent, la putréfaction succède, et la plaie est presque
incurable.

En examinant la blessure du noble lord, que je croyais
atteinte de cette multitude d'insectes, je reconnais que,
grâce à vos soins, saïb docteur, la blessure avait été pré-
servée de ces insectes destructeurs. J'oserais presque affir-
mer une prompte guérison; mais une chose m'étonne :
c'est que les ongles du tigre n'aient pas pénétré plus profondément dans les chairs, et lésé les muscles de la cuisse.
Quand ces carnassiers sont atteints mortellement, une force
prodigieuse, celle de tout le corps, se porte vers la ven-
geance : la gueule ou les griffes.

— Vous allez comprendre, dit le docteur, pourquoi la
blessure n'a été ni aussi profonde ni aussi terrible ; ainsi
que ses compagnons, lord Churchill portait des cuissards
en liége, et de tous les corps, c'est celui qui offre le plus
de résistance à être entamé. Le brahmane, que nous nom-
merons désormais Rham, examina les cuissards et réfléchit.

— Comment l'homme, dit-il, n'a-t-il pas songé à une
armure aussi légère que difficile à pénétrer ?

Mais songeons à la blessure. Il tira d'un sachet qu'il
portait au bras une longue bande qui nous parut non un
tissu, mais le liber d'un arbre quelconque; il était recou-

vert d'une substance gommeuse d'une couleur vert pâle. A
l'aide du docteur, il rapprocha les chairs, les couvrit de
cette bande gommeuse, puis les enveloppa de liens de
mousseline.

— Maintenant, me dit-il, cherchez sur ce sopha la position qui gêne le moins votre jambe blessée, puis prenez
cette dose calmante, et laissez-vous aller au sommeil. Il
ne tarda pas à se faire ressentir, et mon fidèle Phlox, qui
n'avait point abandonné ma couche, posa sa forte tête sur
un de mes bras, et je m'endormis. Durant ce sommeil, qui
fut vraiment réparateur, le docteur et le brahmane passè-
rent dans le vaste jardin attenant au domicile. Le docteur
avait trouvé l'homme qui convenait le mieux à ses goûts.
Rham avait passé une partie de sa vie à étudier les plantes,
et l'histoire naturelle en général. Cette conformité de goûts
établit entre eux une véritable amitié, et, le lendemain, à
mon réveil, le docteur me parut tellement enchanté, que je
crus que la plus heureuse des nouvelles lui était arrivée.

— Savez-vous, me dit-il, que nous sommes tombés chez
un savant en histoire naturelle, tel que je ne crois pas que
l'Inde en possède un second. Son jardin est orné des
plantes les plus rares de l'Inde, mais aussi de celles d'Europe qui ont pu s'y acclimater; vous verrez, vous verrez,
quand vous pourrez marcher. Ah ! que de richesses naturelles pour la botanique, pour l'horticulture, se trouvent
réunies et classées dans ce vaste jardin. Goddam, j'ai
reconnu mon infériorité, et pourtant depuis bien des années
j'étudie l'histoire naturelle, et surtout la botanique.

Notre hôte m'expliquait tout ce qui concerne la culture
de ces plantes, les points de l'Indoustan d'où il les avait

tirées, et enfin celles de l'Europe qu'il avait obtenues du jardin botanique de Calcutta.

Cet homme a une science immense, mais il est tout à fait étranger à nos classifications de l'Europe. Lorsque je lui expliquais les noms donnés à ces plantes, il me répondait en souriant :

— Je ne me suis point occupé de ces dénominations qui paraissent composées de mots étranges, mais seulement de celles qui convenaient aux plantes et à leurs propriétés.

Nous savons maintenant, ajouta le docteur avec orgueil, que si nous avions fait nos études sur les mêmes bancs, avec cette différence que moi, qui ai commencé à l'université d'Edimbourg et ai continué en parcourant au hasard le grand livre de la nature, je me trouvais auprès d'un homme qui n'a jamais étudé que celui-là avec une étonnante perspicacité, et qui se trouvait bien supérieur à moi.

A cet instant, notre hôte entra ; après m'avoir examiné avec attention, et consulté mon pouls, il ôta le bandage qui couvrait ma blessure : la plaie avait une teinte rosée indiquant une cicatrisation récente ; la peau était résistante au toucher, indolore, je pouvais me considérer comme complètement rétabli.

—Maintenant, me dit-il, je puis vous déclarer avec certitude que dans quelques jours vous vous lèverez et ferez une petite promenade à l'aide d'un bambou.

Je fus si ravi de ce qu'il me disait, que je l'attirai à moi et l'embrassai ; puis, me rappelant qu'il était brahmane, et que ces sortes de familiarités ne lui étaient pas permises avec un Européen, j'allais lui faire mes excuses, lorsqu'il me ferma la bouche, et me dit avec son bienveillant sourire habituel :

— Je sais ce que vous alliez me dire, mais je ne suis brahmane que pour les Indous, et homme pour des étrangers aussi distingués que vous.

Votre ami, le saïb docteur, pour lequel je ressens une sincère affection, m'a franchement déclaré que l'Inde était un monde nouveau pour lui, et qu'il désirait avoir quelques notions sur son histoire, ses mœurs contemporaines, et principalement sur les castes.

Je puis dès aujourd'hui vous parler de celle à laquelle j'appartiens par la naissance ; mais auparavant, il faut que je vous informe des conditions attachées au titre de brahmane.

Dès l'âge de cinq à neuf ans, on revêt les enfants du cordon sacré ; il est triple ; et alors l'enfant se nomme brahmatchary. La seconde phase est celle de l'homme dans l'état de mariage, et lorsqu'il est devenu père, on le nomme quaharta. La troisième condition est celle du brahmane qui, dégoûté du monde, se retire avec sa femme et sa famille dans les forêts ; alors il s'appelle vana-prasta (habitant des bois), ou ojogni (religieux errant). Enfin, la quatrième phase est celle du saaniassy, c'est-à-dire du brahmane qui a pris le parti de vivre entièrement dans la solitude, sans famille, et par conséquent d'une manière plus édifiante encore que celle du vana-prasta.

Mars, avril, mai ou juin, sont les mois les plus favorables pour procéder à la première cérémonie. Elle porte le nom d'oupanayana ou d'introduction au savoir, parce que ce n'est qu'à cette époque qu'un brahmane acquiert le droit de se livrer à l'étude. Ce sacrement domestique entraîne des dépenses considérables ; toutes les personnes présentes ont droit à des cadeaux de pièces de toile et de bonnets d'or et d'argent ; une ample provision de riz, de farine, de légumes secs et verts, de fruits, d'huile de sésame, de ghi, est indispensable pour le festin, ainsi que du sannal, du vermillon, du safran, et surtout des noix d'areck et du bétel pour les intermèdes. Comme, en outre, on ne saurait se passer d'un immense assortiment de plats et de vases de toute espèce et de toutes formes, attendu que chacune des pièces de ces vaisselles ne peut servir qu'une fois, et doit être cassée aussitôt, il faut que les parents peu fortunés aillent de maison en maison et ramassent tous les fonds nécessaires à l'oupanayana de leurs fils. Cette quête, du reste, est bien facilitée par la croyance où sont les Indous de toute caste, qu'ils font une œuvre méritoire en y contribuant par leurs aumônes.

Le cérémonial de l'oupanayana ne dure pas moins de quatre jours; il semble avoir le double caractère d'un baptême régénérateur, et d'une initiation. La cérémonie se termine par la suspension d'un cordon au cou du petit récipiendaire. Ce cordon, qui est porté en bandoulière de l'épaule gauche à la hanche droite, se compose de trois petites ficelles tressées chacune avec neuf fils.

Le coton dont il est formé doit avoir été cueilli sur la plante, de la propre main d'un brahmane, cardé et filé par des personnes de cette caste, afin qu'il ne puisse contracter de souillures au contact de mains impures. Lorsque les brahmanes sont mariés, leur cordon a neuf ficelles au lieu de trois.

Chez les Indous, le mariage est considéré non-seulement comme un acte honorable, mais encore comme le but essentiel de la vie. Ils avaient jadis une loi, venue de Manou, qui défendait de confier aucune fonction impor-

tante à un célibataire. N'avoir point de fils qui puisse per-
pétuer sa race et la série de ces rites funéraires qui affer-
missent les ancêtres sur les siéges divins, que leurs vertus
leur ont acquis dans le monde d'en haut, est pour un Indou
la pire des calamités (1).

―――

CHAPITRE V.

ncident terrible arrivé aux pèlerins. — Un fakir est dévoré par les
tigres. — Sortie de l'Américain et du Malgache pour chasser le carnassier. — Chasse interrompue par une tempête aussi imprévue que
terrible. — Retour à l'habitation. — Effets de la tempête. — Triste
situation des pèlerins. — Le blessé est guéri. — Projet de départ. —
Observation du docteur. — Départ remis à huitaine.

Notre conversation avec le brahmane venait d'être brus-
quement interrompue par de grands cris et des lamentations qui partaient de la pagode. Notre hôte s'était hâté de
se rendre de ce côté, et nous aurions été obligés d'attendre
son retour pour connaître la cause de ce tumulte, si nos
deux camarades, l'Américain et le Malgache, n'étaient
entrés dans mon appartement presque aussitôt.

Si le Malgache conservait son air impassible, il n'en
était pas de même de l'Américain ; son œil semblait lancer
des éclairs.

(1) V. DE LANNOYE, *Inde contemporaine.* Edition Hachette.

— Milord, me dit-il, une grande procession d'Indous
se rendait à la pagode ; les deux prêtres qui la desservent
(brahamanes) étaient à leur poste ; lorsqu'un grand cri
s'est élevé ; un tigre s'est jeté à travers la foule, et a enlevé
un des brahmanes : ce n'est pas tout ; le bruit s'est aussitôt répandu qu'un fakir en grand renom dans la contrée,
et qui habite à quelques milles d'ici dans une forêt, a été
dévoré la nuit dernière. Il me serait impossible de vous
dépeindre la consternation qui s'est répandue dans la foule
des pèlerins, gens désarmés et inoffensifs, je veux bien le
croire, qui n'avaient pour défenses que leurs cris et leurs
lamentations.

C'est une honte pour nous, chasseurs de tigres, de les
voir venir enlever presque sous nos yeux des hommes qui
ne se livrent qu'aux cérémonies de leur culte.

Je dis au Malgache :

— Camarade, prenons nos carabines, emmenons nos
quatre chiens, et courons sur la piste de cet insolent carnassier qui n'a point encore entendu le bruit de nos armes.

Le Malgache m'a répondu :

— Allons, mais il faut que je voie le maître, et que je
lui dise ce que nous allons faire.

— Il a eu raison, lui répondis-je, et si j'ai un regret,
c'est de ne pouvoir vous accompagner ; je pense que le
docteur va le faire.

Déjà le docteur avait mis la main dans le large sac qu'il
portait en bandoulière, et donna cinq balles explosibles
aux deux chasseurs, et me serrant la main, il me dit :

— A bientôt, restez tranquille, et votre guérison en sera
plus rapide.

Supposé que Phlox eût compris notre conversation, il

t urna vers nous ses yeux intelligents, et semblait me demander s'il devait les accompagner.

— Va, mon brave Phlox, et montre-toi digne de ta réputation.

Il bondit de joie, car il lui tardait de courir en plein air, et disparut avec les deux chasseurs.

Il faut avoir une vocation aussi décidée qu'était la mienne pour la chasse du tigre, pour comprendre tout ce que je souffris, me voyant dans l'impossibilité d'accompagner nos chasseurs.

Suivons-les; quelques coups de clairon réunissent les chiens, dont les aboiements retentissent. Sous la conduite du docteur, le Malgache et l'Américain, suivis de trois autres serviteurs qui portaient leurs secondes carabines, sortirent de l'enceinte des palissades de bambous. Ils traversèrent la foule des pèlerins qui cherchaient un refuge dans la pagode, et mirent les chiens sur la voie du tigre. Elle ne fut pas difficile à trouver : un cordon de brahmane était accroché à des branches épineuses du hallier, et une large trouée prouvait le passage du terrible carnassier.

— Américain, dit le docteur, vous êtes habitué aux chasses des Peaux-Rouges; nous avons un ennemi plus dangereux que les sauvages, prenez vos dispositions, je m'en rapporte à votre expérience.

Sans répondre, l'Américain porta les yeux autour de lui, puis les levant en haut, il vit une bande de vautours et de corbeaux qui tournoyaient en l'air.

— Si un de ces carnassiers ailés, me dit-il, tombait d'aplomb sur la terre, ce serait là où le tigre dévore sa proie. Il fallait qu'il fût enragé de faim pour faire ce qu'il a fait; maintenant il l'assouvit; retenons nos chiens, et

4

avançons avec prudence ; nous trouverons le tigre à table ;
il sera d'une humeur enragée, dit-il en souriant, car c'est
une bête qui n'aime pas à être dérangée.

Nos serviteurs retinrent les chiens ; Phlox, qui n'aboyait
jamais, suivit le docteur, et ce fut en nous courbant que
nous suivîmes la voie tracée par le tigre. Des gouttes de
sang prouvèrent que la victime avait été étranglée, et que
nous approchions des épaisses broussailles que le tigre
avait choisies pour la dévorer tranquillement.

Le Malgache, dont la taille était beaucoup plus élevée
que la nôtre, fit entendre l'exclamation oh ! et étendit la
main vers un point où le massif paraissait plus épais
qu'aux alentours. Phlox avait le poil hérissé, les oreilles
droites, il regardait le docteur, comme pour lui demander
ce qu'il avait à faire. Celui-ci passa la main sur la tête du
chien et lui dit à voix basse :

— Paix, Phlox.

A l'instant, un violent coup de tonnerre se fit entendre
du côté du sud, et des montagnes de nuées s'avancèrent
dans le ciel comme les hautes marées sur les grèves
de l'Océan. La lueur du soleil fut voilée et une obscurité
subite s'étendit sur la terre. Des bandes rouges sillonnaient
les nuages, les éclairs se succédaient avec une rapidité
étonnante, et l'artillerie du ciel retentissait des quatre
coins de l'horizon. Aussitôt une pluie diluvienne tomba sur
la terre, de manière à faire croire que les cataractes du ciel
étaient ouvertes. Le tigre fut oublié ; mais comment retrouver notre chemin au milieu d'une obscurité qui n'était traversée que par des éclairs ?

— J'appelai mes compagnons, dit le docteur, et ce fut à
la suite les uns des autres que nous cherchâmes à retrouver

notre chemin. Des chacals et d'autres animaux fuyaient à chaque instant, saisis d'épouvante ; c'est que les tempêtes des régions intratropicales sont telles, qu'elles frappent de terreur les hommes et les animaux. Phlox allait devant nous, et ce fut grâce à son instinct que nous pûmes, après une longue marche, atteindre le logement de notre hôte. Nous y trouvâmes tout dans la confusion ; l'orage avait été si subit et si violent, qu'on ne pouvait ni s'entendre ni savoir à qui obéir. Cette route que nous avions traversée si sèche, si unie, ressemblait à un marécage ; nous y entrions jusqu'à mi-jambe.

Enfin nous voilà arrivés ; notre hôte paraissait consterné, son jardin était bouleversé et inondé. Les malheureux pèlerins qui n'avaient pu trouver d'asile dans la pagode, s'étaient réfugiés derrière les palissades du brahmane. C'était un véritable spectacle de désolation. La tempête hurla toute la nuit, et dans les intervalles où le tonnerre ne retentissait point, on entendait les cris des chacals, les grondements des hyènes et les formidables rauquements des tigres.

Enfin le jour perça à travers ces ténèbres humides ; la violence des vents s'abattit, et le ciel se dévoila peu à peu. Nous nous trouvions tous réunis dans la chambre de lord Churchill. Nos chariots adossés aux palissades avaient peu souffert de la tempête, et nos serviteurs indous y avaient trouvé un abri contre la pluie. Il y a de ces instants où l'homme, presque abasourdi par les effrayants phéno-mènes de la nature, reste immobile et comme sans aucune espèce de sentiment : telle était notre situation dans l'ap-partement du lord, lorsque notre hôte entra : son visage était calme, il nous assura que la tempête touchait à son

tèrme, et que la crainte qu'il avait ressentie, en pensant
que son habitation pouvait être enlevée, n'existait plus. Il
examina la blessure de lord Churchill, et parut rassuré en
voyant que les violents effets de l'atmosphère n'avaient pas
retardé les bons résultats qu'elle avait présentés jusqu'alors.

Quatre serviteurs indous apportèrent une table longue
où purent s'asseoir au bas bout l'Américain et le Malgache. Cette distinction, dans un pareil moment, nous eût
paru étrange, si à l'instant même de grands plats bien
couverts n'eussent été servis devant nos deux compagnons :
les serviteurs indous se retirèrent précipitamment, et
l'Américain, soulevant le couvercle du plus grand vase, en
laissa échapper une excellente odeur de venaison.

— Ma foi ! s'écria le docteur, je me range du côté des
mangeurs de chair ; ce n'est pas que je me plaigne de la
bonne chère que nous faisons ici, mais je préfère encore
la cuisine européenne. Ce vase contenait des quartiers de
chevreau bouilli dans le riz fortement épicé ; dans l'autre
se trouvaient deux volailles rôties entourées de légumes
qui nous étaient inconnus. Le lord s'assit sur son lit, on
approcha la table, et nous commençâmes ce que nous
regardions comme un festin. L'Américain alla chercher
quelques bouteilles de vin dans les chariots, et nous oubliâ-
mes la mauvaise nuit que nous venions de passer en vidant,
en bons chasseurs, la liqueur généreuse qui venait de
France. Notre hôte s'était retiré pour nous laisser l'entière
liberté de satisfaire notre appétit ; mais il revint lorsqu'il
crut que le repas était achevé : on nous servit, comme les
autres fois, des fruits, des confitures, et d'excellent café
avec des liqueurs du pays.

Le docteur le remercia de l'attention qu'il avait eue de nous faire servir des mets auxquels nous étions habitués, et qui avaient dû froisser ses opinions religieuses.

— Ne croyez pas, nous dit-il, que l'abstinence de la chair soit aussi générale qu'on veuille bien le dire : ces scrupules se font remarquer surtout dans les dernières classes de la société indienne. On les respecte parce qu'ils sont respectables, venant de nos ancêtres ; mais la fréquentation de nos maîtres, les Anglais, a effacé peu à peu ces scrupules dans les classes aisées. Il nous pria alors de l'excuser s'il se retirait, parce qu'il y avait bien des malheureux Indous du pèlerinage qui avaient besoin de secours.

— Voilà un coin du voile qui couvre la société de l'Inde soulevé, nous dit le docteur ; il me semble que les classes éclairées se rapprochent de la civilisation européenne.

— Ne croyez pas cela, lui dis-je ; notre hôte descend de ce fameux brahmane Rham-Muhun-Roy qui tenta d'introduire des changements dans les castes, et qui succomba à la peine : mais il a laissé un certain nombre de disciples qui, dans leur intérieur, s'affranchissent d'une partie des préjugés, et notre hôte est naturellement un disciple zélé. Je crois avoir compris qu'il s'était retiré auprès d'une pagode consacrée à la déesse Kali, et où les brahmanes fanatiques enfermaient les veuves et les préparaient à subir le sacrifice du suti.

Le gouvernement anglais, sachant que Rham-Muhun-Roy seconderait les efforts des Anglais pour abolir le brûlement des veuves, lui avait fait, moyennant une certaine somme de roupies, la concession de toutes les dépendances de la pagode, à la condition qu'ils la feraient desservir par deux brahmanes de seconde caste, qui se trouveraient sous sa surveillance spéciale.

Après notre déjeuner, je demandai au docteur s'il me trouvait en état de reprendre nos courses, ne voulant pas abuser plus longtemps de l'hospitalité de Rham-Muhun-Roy.

— Vous êtes assez riche pour reconnaître noblement cette hospitalité, et quoique vous soyez en état de reprendre vos courses, en vous tenant quelque temps dans le chariot, cependant je vous demanderai encore un délai de huit jours avant notre départ, parce que notre hôte m'a promis de me communiquer beaucoup de choses qui touchent à la religion de Brahma, et m'a même offert un exemplaire de l'ouvrage du célèbre orientaliste Coolebroeck, en ajoutant qu'il ne pourrait me donner que des notes sur les ouvrages religieux de l'Inde, parce qu'ils sont écrits en sanscrit et en pali (langues savantes de l'Inde, mais aujourd'hui seulement connues des plus savants brahmanes); sa bibliothèque est assez nombreuse, surtout composée des livres canoniques du culte de Brahma. Je profiterai de cet intervalle de huit jours pour recueillir sous sa direction tous les renseignements qu'il me donnera sur les cultes religieux de l'Inde. Il désire en outre faire voir son vaste domaine à lord Churchill, et obtenir de lui et de moi des renseignements sur les cultures d'Europe.

— Nous terminerons notre visite, m'a-t-il dit, par la pagode consacrée depuis quinze ans à la Trimourti indienne. Dans les conversations que nous avons eues ensemble, je l'ai trouvé plus instruit dans la religion chrétienne que ne le sont même la plupart des Anglais. C'est un homme savant, qui passe sa vie à l'étude des livres canoniques, et qui n'est point étranger aux publications des livres scientifiques d'Europe qui se font à Calcutta.

Ce retard de huit jours me convenait assez, mais il n'en était pas ainsi de nos deux chasseurs, l'Américain et le Malgache. Outre qu'ils s'ennuyaient de leur vie oisive, leur contact avec les Indiens, qui paraissaient souillés quand ils leur avaient rendu les services qu'ils devaient leur rendre, les contrariait journellement. Cependant notre retard de huit jours fut décidé.

———

CHAPITRE VI.

Visite au jardin du brahmane. — Prodigieux effets du soleil. — Invitation à dîner du brahmane. — Sa famille. — Singuliers serviteurs à table. — Opinion d'un ancêtre du brahmane. — Visite à la pagode. — Lieu destiné aux veuves qui devaient périr dans le bûcher. — Explication de la Trimourti indienne. — Opinion de Rham-Muhun-Roy sur l'institution des castes, et les effets qu'elle a produits.

J'avais pu descendre dans le jardin ; d'après les détails que m'avait donnés le docteur sur les ravages de la tempête, je m'attendais à le trouver tout à fait dévasté ; mais dans ces contrées brûlantes, si l'ouragan passe ravageur sur un lieu, le soleil a bientôt réparé tous ses désastres : autour des gigantesques plantains des îles de la Sonde et du rima de Taïti, flottaient comme des guirlandes fleuries les magnifiques lianes de l'Amérique du sud ; à l'abri de

palissades d'euphorbes et de cactus, s'élevait le délicat
muscadier, dont le feuillage de myrte mêle à sa verdure
lustrée l'éclat de ses fruits d'or et les teintes délicates de ses
fleurs tendres comme celles du pêcheur; dans une longue
allée les cycas des Moluques, dont les troncs étranges, les
hautes ramures entrecroisées et les folioles légères rappelaient les piliers, les voûtes, l'ornementation et les ombres
mystérieuses d'un monument gothique, s'étendaient pour
offrir un abri délicieux. Là, les mimosas, les musas, les
pandanus odorants, s'offraient pour flatter les yeux. Autour
des troncs, les tiges sarmentaires des bignonias, de la
nagately, du nyctanthes sambac et des lianes qui produisent le poivre et le bétel, s'enroulaient aussi autour des
tiges : représentez-vous sous leurs ombres les plus belles
variétés des azalées, des jasmins et des gardenias; plus
loin, on voyait les lauriers d'où l'on extrait le camphre, la
casse et la cannelle, le sandal rouge, les nopals, les dra-
gonniers qui fournissent des laques précieuses, les arbustes
qui donnent le nard, le cardamome et l'amome, enfin les
roseaux sucriers avec leurs panaches. Etendez sur toutes
ces merveilles de la nature végétale les feuilles immenses
du latanier et du talipot, et voyez au-dessus ondoyer les
palmes aériennes des cocotiers et des bambous géants;
jetez comme contraste la sombre verdure des tecks, des
tamarins et les impénétrables rameaux des figuiers sucrés,
et vous aurez une idée des merveilles que la nature étalait
dans le jardin de notre hôte.

Il paraissait heureux de notre admiration, surtout de
voir que si la tempête avait inondé son jardin botanique,
brisé quelques arbustes, le fécond soleil de l'Inde avait
réparé ces désastres en peu de jours.

Après une promenade assez longue et que je supportai bien, nous rentrâmes au logis, où Rham-Muhun-Roy nous préparait une singulière surprise.

— Nous dînerons ce soir en famille, nous dit-il, et si un brahmane vous offre le festin, il n'a pas voulu en exclure les mets qui vous sont le plus chers, et auxquels vous êtes accoutumés dès votre enfance.

Je savais qu'il était marié, qu'il n'avait que deux enfants, un garçon et une fille ; mais aucun de nous, pas même le docteur, n'avait été admis en leur présence.

La salle où nous fûmes introduits, était assez spacieuse, et confortablement meublée. Des tapisseries de la Perse couvraient les murs ; de riches châles de Cachemyre étalaient leurs brillantes couleurs sur les sophas qui entouraient la salle. Un vaste tapis aux dessins aussi brillants que bizarres couvrait le plancher, et la table longue se trouvait chargée de porcelaine de la Chine, de vases de toute espèce de formes, et le bout qui nous était réservé se faisait remarquer par des vases auxquels je ne sais quels noms donner. Ils étaient hermétiquement fermés, et nous nous mîmes à table. J'attendais avec impatience l'arrivée de la famille du brahmane ; un tapis se souleva, et une femme magnifiquement vêtue, aux membres souples et délicats, et d'une symétrie parfaite, mais dont la taille était inférieure à celle des Anglaises, entra, tenant de la main droite un jeune garçon, de la gauche une jeune fille, tous les deux d'une admirable beauté. Jamais je n'avais vu une démarche plus noble, plus digne ; il me sembla qu'une belle statue grecque était animée devant moi. Ses pieds, chaussés de je ne sais quelle chaussure, étaient mignons, les mains d'une petitesse remarquable.

Nous restâmes debout, le docteur et moi, frappés de tant de beauté et de tant de gentillesse : les yeux noirs, lançant des étincelles de vie, étaient surmontés d'admirables sourcils, et voilés de longs cils d'ébène défiant la critique et la comparaison. Quant à la chevelure, elle était abondante et d'un noir brillant. L'ardeur du soleil avait doré leur peau satinée et diaphane de ses teintes les plus variées, depuis le blanc mat de la Languedocienne et de la Catalane, jusqu'aux nuances du safran, de l'olive et du bronze, nuances que nous remarquâmes sur ces visages et sur ceux des femmes qui les servaient.

Certainement, la population aisée de l'Indoustan, surtout chez les brahmanes, est peut-être la plus belle de la terre ; les gestes des femmes sont dignes, aisés, expansifs; c'est ce qui a fait dire à tous les voyageurs : Il y a cent portes pour entrer dans l'Indoustan, et pas une seule pour en sortir.

Mon ami le docteur et moi, étions véritablement plongés dans l'ébahissement, lorsque nous en fûmes tirés par un contraste aussi étrange que frappant : quatre singes, portant la serviette en écharpe, entrèrent avec une dignité qui partout ailleurs nous eût paru comique. Ils déposèrent devant le brahmane et sa famille des mets dont nous ne connaissions pas la composition, puis se tinrent droits derrière les siéges, obéissant au moindre signe.

— Nous sommes dans le pays des *Mille et une Nuits*, me dit le docteur à voix basse; mais il avait été entendu par le brahmane; il prononça quelques paroles en indoustan, et aussitôt deux singes vinrent enlever le couvercle des vases fermés, le déposèrent adroitement sur la table, et retournèrent prendre leur poste derrière la famille du brahmane.

Les mets qui nous étaient servis se composaient de volaille au riz fortement épicé ; de petits animaux entiers que nous prîmes pour des lièvres, et dans le dernier plat se trouvait presque un quartier rôti d'antilope. Ce qui nous fit plus de plaisir, ce fut un plat de pommes de terre rôties, et arrosées de beurre.

Il est bien certain que notre hôte s'attendait à notre surprise à la vue de ces étranges serviteurs : il se tourna vers nous et nous dit :

— Ces singes sont des animaux sacrés de la pagode ; ils y ont été élevés depuis trois générations, sans fréquenter les singes des forêts : un des brahmanes desservants, et qui a sa conviction intime que les singes sont nos ancêtres, a pris un soin tout particulier et religieux de leur éducation. Voyez, docteur, vous qui m'avez plusieurs fois parlé de l'angle facial, s'il n'est pas plus ouvert que celui des singes ordinaires, et si leur menton n'est pas moins saillant : j'attire aussi votre attention sur leurs membres : les bras sont moins longs, plus charnus, et la main a plus d'embonpoint. Quant aux jambes, les cuisses sont charnues, et le mollet commence à se dessiner. Aussi marchent-ils toujours debout, et je ne les ai vus rarement se servir des bras pour marcher sur la terre ou pour grimper sur les arbres. Au reste, vous voyez leur docilité, leurs mouvements plus posés que ceux des autres animaux de leur espèce. Enfin, vous n'aurez pas manqué de remarquer que leur face est dégarnie de poils, et que leur nez prend de la proéminence.

Je serais presque tenté de partager la croyance de mon

brahmane, et d'admettre qu'il y a une progression ascendante des êtres inférieurs aux ôres supérieurs. Dire que
mon ami le docteur faisait toutes ces observations, c'est
dire qu'il se livrait à son goût prononcé pour tout ce qui
avait rapport aux opinions indoues.

Le repas se termina par le café et les liqueurs de l'Europe ; je remarquai que la femme et la fille du brahmane
ne prirent pas de liqueurs, mais que le jeune homme, qui
me parut âgé d'environ quinze ans, quoiqu'il n'en eût en
réalité que dix, car dans le climat de l'Inde l'enfant se
développe promptement, en prit tant que cela parut étonner
sa famille. Ce jeune homme était d'une beauté remarquable, et sa chevelure noire, qui retombait sur ses épaules, la
rehaussait encore. Il portait en sautoir le cordon brahma-
nesque.

Tout à coup Rham-Muhun-Roy se levant, prit son
fils par la main, et nous le présentant il nous dit :

— Mon fils Rham-Muhun-Roy vous prie par ma bou-
che, car il parle difficilement l'anglais, de lui faire l'honneur d'assister à ses fiançailles et à ses noces ; elles auront
lieu à l'équinoxe du printemps, alors que Mars et Vénus
sont en conjonction parmi les astres.

Nous nous inclinâmes en signe d'assentiment, et le père
en parut enchanté, ainsi que les autres membres de sa
famille.

Nous fûmes interrompus par l'annonce qu'un coureur
indien nous était dépêché de la résidence.

On m'annonçait que les objets et les provisions que
j'avais commandés à Calcutta étaient arrivés depuis deux
jours. Or, ces objets, d'après le dire du docteur, devaient
combler les vœux de notre hôte. Voici en quoi ils consis-

taient : une petite machine électrique, un microscope et un assez fort télescope : la lettre de mon correspondant de Calcutta me disait qu'il avait joint aux objets demandés un instrument nouvellement inventé en Europe, et que l'on nommait daguerréotype. Il fut convenu que le docteur se rendrait à la résidence avec mes deux serviteurs européens, pour la sûreté de la route, et que dans notre petit chariot ils amèneraient ces objets et les provisions demandées.

Ce fut pendant son absence que je me liai plus étroitement avec mon hôte. Sa bibliothèque était composée de quatre rayons. Sur le premier se trouvaient les livres sacrés des Indous, en sanscrit : les Védas étaient en tête, et les autres rangés suivant l'époque présumée où ils avaient été composés. Les autres rayons contenaient des ouvrages sur l'Inde : ceux du savant Coo'ebroek, des remarques et descriptions de l'Inde par l'évêque Héber, et enfin de plusieurs ouvrages français traduits en anglais, dont les auteurs étaient l'abbé Dubois, Victor Jacquemond, Burnouf, et plusieurs autres dont les noms ne me reviennent pas. Nous passâmes ensuite à la visite de la pagode : c'était un vaste bâtiment terminé en coupole orientale, et soutenu dans la partie antérieure par des colonnes qui me parurent d'un assez bon goût : d'autres colonnes, de moindre dimension, entouraient un espace fort étroit, au fond duquel je vis la statue de la Trimourti indoue. C'était une idole ayant trois têtes, six bras, dont je crus remarquer que les pieds se terminaient en serpents, en pieds de vache et d'autres quadrupèdes. Je priai mon hôte de me donner l'explication de cette étrange figure.

— Si je vous la donnais, me répondit-il, d'après les

idées des brahmanes, je vous jetterais dans une étrange
confusion d'idées. Je veux vous donner l'explication qu'en
donnait mon aïeul Rham-Muhun-Roy; elle n'est certainement pas orthodoxe, mais elle rend au moins compte de la
croyance qui existait à l'époque où la Trimourti fut inven-
tée : cette image n'est pas exactement semblable à celle
des autres pagodes, mais elle répond à la signification que
j'ai voulu lui donner, lorsque je la fis remplacer par l'effroyable idole de Kali. La tête du milieu, qui dépasse les deux
autres, et dont le front est ceint d'un bandeau qui ressem-
ble à une couronne, signifie la puissance suprême, dominant tout; la tête de droite représente la génération des
êtres; enfin l'autre est celle de la puissance conservatrice.
Les pieds, appartenant à différents animaux, indiquent la
création universelle et l'ascension progressive des êtres.

Si mon ancêtre, ajoute-t-il, révolté des horribles absurdités du culte brahmanique, tenta de restaurer la vieille
doctrine vidique, défigurée dans le cours des siècles par la
superposition d'une foule de rites abominables, et à ouvrir
à mes compatriotes la voie qui mène du paganisme au
monothéisme, du fond de toutes les églises qui se partagent
les croyances anglaises, un concert de voix réprobatives
se joignit à celles des prêtres de Vichnou et de Shiva, pour
anathématiser le sage transfuge et le poursuivre de cette
accusation si accablante en Angleterre : Affreux déiste ! Et
de quoi donc, mon Dieu, se plaignaient les brahmanes ? Les
Indous, disait Rham-Muhun-Roy, ne peuvent justifier par
aucun fait, par aucun monument, le culte des idoles qu'ils
pratiquent maintenant; aussi leurs docteurs actuels se
bornent-ils à invoquer les usages reçus et l'exemple de
leurs pères.

Mes réflexions sur ces usages injurieux pour la majesté divine ont souvent excité ma compassion pour mes concitoyens, et m'ont déterminé à faire tous mes efforts pour les tirer d'erreur, et pour les mettre à même de reconnaître avec réflexion l'unité et l'universalité du Dieu tout-puissant.

En suivant cette marche, uniquement inspiré par ma conscience et par mon amour de la vérité, je me suis attiré, en ma qualité de brahmane, les reproches et les plaintes même de mes parents, dont les préjugés sont fortement enracinés, ou dont le bien-être passager dépend du maintien de la religion actuelle ; mais j'ai supporté ces reproches et d'autres épreuves encore, dans l'espoir qu'un jour se lèvera où l'on appréciera mieux mes faibles efforts. Dans tous les cas, et en dépit de l'opinion des hommes, on ne m'enlèvera pas la certitude consolante que mes intentions seront accueillies avec bienveillance par l'être qui voit tout en tout et récompense ouvertement.

— Ainsi, lui dis-je, votre ancêtre était bien éloigné de partager les superstitions absurdes des hommes de sa caste ; mais que pensait-il de l'avenir de l'Inde ?

Il se recueillit et me dit :

— Visitons d'abord l'intérieur de la pagode, et je répondrai ensuite à votre question.

Comme je viens de le dire, la pagode composait tout à l'alentour des bâtiments considérables. Dans une pièce dont les ouvertures donnaient sur la campagne, il me fit admirer un ameublement recherché, mais singulier, et présentant sur ses tapisseries, d'un côté une jeune veuve se rendant au temple, couronnée de fleurs, et accompagnée d'une foule considérable. C'était une victime du suti, se livrant aux mains des brahmanes; de l'autre, une immense multitude dans la tenue du silence et du recueillement, entourant un vaste échafaud composé de bois odoriférants et entouré de guirlandes de fleurs; et enfin, une jeune femme s'avançant au milieu d'un cercle de brahmanes et vêtue comme une cérémonie nuptiale. Un autre tableau, travaillé sur la tapisserie, mais presque tout entier mutilé, devait avoir représenté un bûcher, une jeune femme assise presque au sommet, entourée de guirlandes de fleurs, et au bas du bûcher une procession de brahmanes qui semblaient entonner des chants religieux, soutenus par les sons d'une musique telle que pouvait l'avoir l'Inde. A côté de cet appartement, dont les fenêtres étaient grillées, se trouvaient des cellules destinées aux brahmanes qui veillaient à la conservation de la victime du suti. D'autres appartements, destinés sans doute aux brahmanes qui desservaient la pagode, s'étendaient des deux côtés d'un assez long couloir.

Quand nous eûmes visité l'intérieur de la pagode, nous passâmes dans une cour, au fond de laquelle coulait une source : c'était de cette eau que les brahmanes aspergeaient l'assemblée. Les murs peu élevés de cette cour avaient permis aux tigres de les franchir et d'enlever le brahmane qui allait puiser de l'eau à la source sacrée. Ce n'était pas au milieu des pèlerins que le brahmane avait été enlevé, ainsi qu'on le disait; mais dans l'Inde les habitants sont doués d'une prodigieuse exagération d'imagination.

— Maintenant, me dit Rham-Muhun-Roy, je vais répondre à vos questions; mais auparavant, je dois vous donner quelques renseignements sur l'ancêtre dont je porte le nom. Dès qu'il lui fut permis d'étudier les écritures

sacrées, après avoir reçu le cordon à neuf branches, il se
livra avec une ardeur juvénile à l'étude de nos livres
sacrés. Les Védas l'occupèrent d'abord ; il y vit une doctrine simple et morale : elle convenait à des peuples pas-
teurs ; il l'analysa, autant que sa jeunesse le lui permettait,
et resta convaincu que les Védas existaient avant l'origine
des castes, et crut sincèrement que la seule et unique divinité de l'Inde était le soleil, et que les autres divinités
qu'on lui adjoignait représentaient ses attributs et son
influence sur la terre et ses productions : mais passant
aux autres livres canoniques, et trouvant une différence si
étrange avec la doctrine des Védas, il supposa qu'un
long cours d'années s'était passé avant que de pareilles
doctrines pussent s'implanter dans l'esprit des Indous.

Les poèmes, les chants religieux, les légendes le sur-
prirent : il ne comprenait pas que l'imagination humaine
pût entasser tant de monstrueuses absurdités ; pourtant,
comme il était jeune encore, il admirait la prodigieuse imagination des hommes qui avaient composé ces ouvrages.

Après bien des années d'études laborieuses, ne pouvant
pas se rendre compte des abominables croyances qui domi-
naient l'Inde, il en tira la conséquence que l'institution des
castes en avait favorisé l'expansion.

▬ Dès l'instant, dit-il dans un de ces écrits, où des
hommes ont proclamé qu'ils étaient sortis de la tête de
Brahma, qu'ils avaient en partage l'enseignement des
Védas, l'accomplissement du sacrifice, la direction des
sacrifices offerts par d'autres, le droit de donner et celui de
recevoir, ces hommes se mettaient au-dessus de la société et
en-dehors des devoirs communs.

Dès l'instant où ces hommes enseignaient que les

kchatryas étaient tirés des bras de Brahma, qu'ils étaient chargés de la fonction des armes, de la protection, de la charité, de l'abnégation, enfin de la lecture des livres sacrés, et de la tempérance dans les plaisirs des sens, il les reléguaient dans une caste inférieure.

Les vaïcyas, chargés du soin des bestiaux, de l'aumône, du sacrifice, de l'étude des livres saints, et en même temps du commerce et du prêt à intérêt, et de la culture de la terre, se trouvaient aussi relégués d'une manière bien déterminée dans une troisième caste.

Mais le souverain maître n'assigna aux soudras, issus de ses pieds, qu'un seul office, celui de servir les classes supérieures, sans déprécier leur mérite. (Mana va castra, lois de Manou.)

Ainsi les populations furent parquées en trois castes, et elles ne purent en sortir, ce qui étouffa tout sentiment généreux, toute intelligence dans les classes inférieures à celles des brahmanes.

Cette organisation hiérarchique sortie d'une longue période d'antagonisme, de luttes et de conquêtes, fut censée le produit de quatre générations inégales. Pour immobiliser ces grandes démarcations, le mélange des castes par l'union des sexes fut rigoureusement défendu ; mais la nature est plus forte que la loi, et des unions entre castes naquirent des enfants qui n'appartenaient à aucune.

CHAPITRE VII.

Half-casts. — Détails sur ces hommes hors caste. — Observations sur l'état de l'Inde, sur le gouvernement de la Compagnie anglaise. — Prévisions de Rham-Muhun-Roy sur l'avenir de l'Inde. — Arrivée du docteur. — Objets rapportés de la résidence. — Enthousiasme de leur hôte. — Microscope. — Daguerréotype. — Scène plaisante de la tabatière à musique. — Les singes ont peu de goût pour cet art, surtout quand il se manifeste entre leurs mains.

Ce furent ces enfants, nommés half-casts, qui composèrent une caste qui, contrairement à la troisième et à la seconde qui n'avaient que des hommes livrés aux mêmes travaux, et qui ne pouvaient en entreprendre d'autres en-dehors de leur caste; ce furent ces hommes, dis-je, qui se livrèrent à toutes les entreprises productives, parce que n'étant pas réellement classés, la religion brahmanique ne leur avait fixé aucune place dans la société.

Comme il arrive toujours dans le croisement des races, ces half-casts, issus d'un Européen et d'un Indou, héritèrent des vertus et des vices de leur double génération. Ordinairement d'une taille plus élevée que celle des Indous, ils montrent plus d'énergie et plus d'initiative que les naturels du pays; faciles à distinguer par leur teint moins foncé, par leurs cheveux souvent blonds, par leur figure qui avait une partie des traits européens, ils se trouvaient repoussés des autres castes brahmaniques. Mais d'un autre côté, n'étant pas gênés par les lois tyranniques des castes, ils

purent donner un plus grand développement à leur intelligence et à leur industrie. L'entêtement opiniâtre des
autres castes à les rejeter de leur société en fit souvent
des hommes qui s'associèrent aux Thugs, aux Bils et
aux Dacoïtes, et augmentèrent les dangers de la société
indoue.

Ces dangers deviendront de plus en plus menaçants, que
la promiscuité de la race européenne avec la race indoue aug-
mente de plus en plus le nombre des half-casts : il en résulte
que, grand nombre se livrant à l'industrie et au commerce,
acquièrent des richesses qui sous ce rapport les rendent
les égaux des castes brahmaniques pauvres. D'un autre
côté, en s'associant aux nombreux brigands et voleurs qui
pullulent dans l'Inde, ils y portent leur caractère auda-
cieux et entreprenant, et rendent ainsi plus redoutables
ces audacieuses associations de brigands que la vigilance
de la police anglaise ne parviendra pas à faire disparaître.

Ces réflexions m'étaient suggérées par les entretiens que
j'avais avec mon hôte, et qui me prouvaient de plus en plus
qu'il connaissait la nouvelle organisation sociale de l'Inde
presque aussi bien que l'ancienne.

— Voyez, me disait-il un jour, quel malheureux avenir
est préparé à cette belle contrée du monde : les Argans la
conquirent ; ils y implantèrent leurs croyances religieuses
par la force, et la religion de Boudha tâcha de détrôner
l'ancien védisme. Cependant les temples d'Ellausa, d'Elephanta, de Salcette, et tant d'autres que l'on retrouve partout sur notre sol indou, attestent que le védisme avait
atteint un haut degré de civilisation, surtout dans les arts
de la sculpture. Ce furent les Argans qui morcelèrent le
pays en principautés soumises à des empereurs et qui

facilitèrent la conquête de l'Inde par les Musulmans. Alors, de la confusion des croyances, des mœurs et des habitudes de famille, naquirent ces superstitions honteuses qui n'étaient qu'à l'état d'embryons avant ces envahissements. Représentez-vous un riche et vaste pays, taillé en empire et en principautés sans cesse en lutte les uns contre les autres, ne rivalisant que par l'ostentation et le luxe, et développant, même au-delà de leurs ressources, une opulente ostentation que l'on ne retrouve que chez les anciens satrapes de l'Asie centrale. Politique abjecte, intrigues basses et corruption, voilà ce que l'on trouvait autour de ces principicules.

Mon ancêtre a plusieurs fois répété que si l'héroïque Dupleix, son épouse Johanna la Béghum, et son lieutenant de Buny, avaient pu jouer dans l'Inde le rôle qu'y ont joué depuis les Anglais, ces belles et magnifiques contrées auraient atteint un degré de prospérité qui eût étonné le monde. En effet, me dit-il en appuyant sur le mots, une seule et unique croyance religieuse eût peu à peu fait disparaître les absurdes et monstrueuses croyances des Indous, et l'unité de gouvernement, en s'emparant peu à peu de tous ces petits pouvoirs despotiques, en régénérant l'Inde, eût fait une nation qui eût été le miracle de l'univers.

— Votre ami le docteur, ajouta-t-il, m'a plusieurs fois témoigné son étonnement de la hauteur d'idées civilisatrices qu'avait atteintes mon ancêtre Rham-Muhun-Roy : j'avais oublié de lui dire qu'entraîné par un amour invincible pour la vérité, bien jeune encore, il avait parcouru toutes les contrées de l'Inde, et qu'il avait séjourné plus d'une année dans un pays occupé par des chrétiens dits de

saint Thomas. Cette année avait suffi pour modifier entièrement ses idées, et il en était revenu avec la conviction
intime que le brahmanisme avec le parquement des classes
avait arrêté l'essor de l'intelligence, et qu'elle ne pourrait
reprendre son empire sur les populations qu'en changeant
complètement le système des castes, et laissant à chaque
individu la possibilité de se montrer dans toute sa valeur.

Je vous l'ai déjà dit, il entreprenait une rénovation semblable à celle de Boudha, mais plus élevée, plus civilisa-
trice, et il la faisait lutter avec les croyances enracinées,
avec les castes intéressées à défendre leur suprématie, et
avec l'ignorance profonde des autres castes.

Passons sous silence plusieurs siècles, et arrivons à l'oc-
cupation anglaise sur un point de l'Inde.

Jamais peuple ne déploya tant de ruses, tant de mauvaise
foi, tant de mépris des engagements, et tant de violences
et de suite dans la conquête.

Cependant, par l'ordre logique des choses, la conquête
anglaise a opéré de grands changements dans l'Inde, parce
que l'unité a été son but, et que peu à peu les nombreux
despotes ont passé de la souveraineté à l'état de pensionnaires de la Compagnie anglaise. Ainsi l'unité se fera
nécessairement, mais le mépris que les Anglais portent
aux Indous rendra encore longtemps l'assimilation impossible. Quoique brahmane de la première caste, je ne crains
pas de vous dire que la régénération de l'Inde dépend de la
ruine des castes brahmaniques, et des Anglais, qui le comprennent bien, soutiendront l'organisation des castes ; mais,
je crois déjà vous l'avoir laissé entrevoir, cette régénération
ne se fera que par ceux qui sont déclassés dans l'organisation sociale de l'Inde, par les half-casts.

La vie de ces hommes est en-dehors de celle des castes : livrés à eux-mêmes, repoussés de tous côtés, ils sont obligés de déployer toute l'énergie que l'homme trouve dans sa nature ; aujourd'hui brigands en grande partie, et associés aux Thugs, aux Bils et aux Dacoïtes, ils s'endurcissent aux travaux de la ruse et de la guerre ; ils s'associent aux arts et au commerce que les Anglais tâchent de développer dans leur intérêt, et finiront, comme les Banians, par s'emparer de tout ce qui est productif. Ils domineront par la richesse. Qu'un homme d'une haute capacité, d'un esprit entreprenant et capable de discipliner tant de gens qui vivent au jour le jour, se lève, et cet homme pourra dire aux Anglais :

—Vous êtes campés dans l'Inde depuis bien des années, mais vous n'y êtes que campés, et entre vous et nous il n'y a aucune assimilation possible.

— Croyez-vous cela ? lui demandai-je.

— Si, comme moi, vous connaissiez les mœurs et les coutumes indoues ; si, comme moi, vous aviez pu connaître avec quel orgueil hautain vos compatriotes se comportent dans leurs gouvernements et dans leurs résidences, vous comprendriez qu'il y a un terme à tout, et que les Rajpoutes, les Maarates, nos anciens vainqueurs, ne font plus parmi nous qu'une population infime et sans puissance. Les Musulmans, avec la férocité du Koran, sont déjà confinés dans quelques localités de l'Inde, haïs et méprisés de toutes les autres sectes. J'ai promis au docteur votre ami des notions assez étendues sur l'Inde. Ce travail est à peu près achevé, et vous pourrez le lire et le méditer à loisir.

Nous en étions là de notre conversation, quand les sons du clairon annoncèrent le retour du docteur.

— Tout ce que vous avez demandé à Calcutta, me dit-il, est arrivé et soigneusement emballé : nous allons singulièrement surprendre notre hôte, savant dans les traditions et l'histoire des Indes, mais peu au courant des découvertes de la science en Europe. Avec la machine électrique, je veux lui apprendre ce que l'homme peut conquérir dans les mystères de la nature. Avec le microscope, il verra que ses plantes, ses fleurs et ses arbres sont couverts de populations à lui inconnues : mais où j'attends son admiration, c'est qu'en braquant vers le ciel le télescope, qui est d'assez belle longueur, il sondera du regard les profondeurs des cieux, et apprendra la vérité de ces paroles du Psalmiste : *Cœli enarrant gloriam Dei.* (Les cieux annoncent la gloire de Dieu.)

Si la surface de la terre porte son admiration au plus haut degré, les profondeurs des cieux le frapperont de stupeur et atterreront son esprit : mais ce n'est pas tout, ajouta-t-il finement en souriant, votre correspondant a songé à une emplette que vous ne lui aviez pas commandée. On dirait qu'il savait que nous nous trouvions dans une famille où il y avait des dames, fines, intelligentes et pleines d'imagination : voilà ce qu'il vous envoie pour leur amusement et pour leur joie. Il tira en même temps de sa poche une forte tabatière ; et la posant sur la table après avoir poussé un bouton, elle se mit à chanter le *Good save the queen.* Je conviens que n'ayant jamais vu une pareille invention, je fus tout éveillé et jugeai par là de l'étonnement et de l'admiration que nous causerions à la famille du brahmane.

Sans être un savant du premier ordre, le docteur était

assez instruit en physique pour opérer, avec la machine électrique. Aussi, ses premières démonstrations firent un tel effet sur Rham-Muhun-Roy, qu'il le regarda avec admiration, et resta longtemps silencieux.

— Voilà ce que l'homme peut faire, nous dit-il enfin; ces phénomènes ne peuvent être discutés; avec eux, que ne ferait-on pas au milieu de nos populations crédules et ignorantes ? Ce n'est pas tout : lorsque, armé du microscope, le docteur lui fit observer les fleurs, les plantes, les feuilles des arbres, enfin le sol couvert de populations invisibles, notre hôte ne put contenir son admiration.

— Oui, s'écria-t-il, les anciens brahmanes avaient bien raison de faire balayer devant eux le sol qu'ils allaient fouler, car leurs pas eussent détruit des populations entières. Il resta plongé dans une méditation profonde, et lorsque nous rentrâmes à la maison, il nous dit, en nous serrant les mains à la mode anglaise :

— Les peuples qui possèdent de pareilles connaissances doivent nécessairement asservir le monde.

Le docteur, tout fier de ses succès, lui préparait deux autres surprises; mais il voulut qu'elles eussent lieu en présence de la famille du brahmane.

La voici réunie : la mère est entre ses deux enfants, et le père, un peu à l'écart, occupe un siége plus élevé qu'eux.

Mon ami le docteur avait préparé son appareil daguerréotype, et au bout de quelques minutes il présenta la plaque à Rham-Muhun-Roy : un cri de surprise sortit de sa bouche; sa famille, lui-même, et l'ameublement de l'appartement se trouvaient reproduits sur une petite plaque de métal. Oubliant sa dignité ordinaire, il la mit sous les yeux de sa

femme et de ses enfants, et des cris d'admiration se firent
entendre.

Mais voyez la puissance des préjugés : la mère laissa
tomber la plaque, et se couvrant la figure de ses mains,
elle dit d'une voix tremblante :

— Ces hommes sont des dewas (sorciers ou démons). Le
docteur, tout surpris d'un pareil résultat, prit une nouvelle plaque, et dirigea la lunette vers le parterre ; il leur
fit voir tout le champ qu'embrassait la lunette et un accident, qui changea le cours des idées, c'est qu'ils virent deux
singes grimper sur un bananier dont ils détachaient les
régimes de fruits.

— Ah ! dit la mère avec enjouement, nos voleurs sont
pris sur le fait, et je reconnais parfaitement mon singe
favori Balcund. Alors le docteur leur expliqua de son
mieux les merveilles du daguerréotype dues au rayonne-
ment de tous les corps les uns vers les autres : puis, pour
terminer la soirée joyeusement, il tira de sa poche sa
grosse tabatière, prit d'un air très-sérieux une bonne prise
de tabac, et en la déposant sur une petite table ronde, il
poussa le bouton. Aussitôt la tabatière se mit à chanter ; la
famille ne pouvant croire qu'une pareille musique sortît
d'une boîte, porta de tous côtés ses regards pour chercher
le musicien. En vérité, je n'ai jamais vu un homme plus
enflé de ses succès que mon ami le docteur. Ses yeux pétil-
laient d'une telle joie, qu'il me donna envie de rire.

Il reprit la tabatière, dont le jeu était fini, l'ouvrit, et
comme il n'y avait que du tabac de visible, les visages expri-
mèrent une stupéfaction égale au contentement du docteur.
Rham-Muhun-Roy prit la tabatière, et en l'examinant, il

poussa le bouton. Aussitôt elle se mit à chanter entre ses mains.

Ma foi! tout brahmane qu'il était, il pâlit et remit promptement la tabatière sur la table, où elle continua à chanter son air. Alors le docteur souleva le second couvercle, et leur fit admirer l'ingénieux mécanisme qui produisait ces sons; les idées de sorcier et de démon s'évanouirent, et depuis la mère jusqu'aux enfants, chacun voulut se procurer la satisfaction de faire jouer la tabatière, mais à découvert.

La scène ne devait pas se terminer là; les singes serviteurs apportèrent des rafraîchissements. La femme du brahmane (partout les femmes ont de la malice) prit la tabatière, et après avoir poussé le bouton, la mit sur un plateau et fit signe à un singe de la porter sur la table. Dès que le chant commença, le singe s'arrêta net, et tout à c up, laissant tomber plateau et tabatière sur l'épais tapis, il fit un bond en arrière, puis sauta par la fenêtre et alla se réfugier sur un arbre ; les trois autres restaient comme frappés de stupeur; elle ne dura pas longtemps : ils prirent le chemin qu'avait pris le premier, et allèrent s'installer à côté de lui sur le même arbre, en poussant ces cris aigus et discordants que fait entendre ce quadrumane dans les moments d'effroi.

Le reste de la journée se passa à examiner à travers le microscope tous les objets qui pouvaient leur tomber sous la main, et à s'extasier de plus en plus. Ce fut lorsque nous allions nous retirer, que le brahmane nous annonça que deux jours après il irait conduire son fils auprès de sa fiancée, et nous invita de nouveau à les accompagner.

CHAPITRE VIII.

Le docteur seul se rend aux noces brahmaniques. — Récit qu'il en fait.
— Observations sur les castes de l'Inde et présomptions sur l'avenir
des half-casts. — Autres réflexions sur les populations de l'Inde. —
Une chasse aux panthères. — Courage des chiens, le carnassier vaincu.
— Apparition de la panthère femelle. — Sa prudence. — Elle tombe
percée de balles. — Réflexions, observations de l'Américain.

L'invitation du brahmane, fort extraordinaire dans cette
caste, ne me souriait pas : il n'en était pas de même de mon
ami le docteur, homme d'observation, habitué au monde, et
surtout plus que moi au monde indou : il acepta avec plaisir.
Il faut ici que j'en fasse l'aveu : ma première éducation, mes
chasses dans les montagnes de l'Ecosse, et ensuite mon
long séjour au cap de Bonne-Espérance et chez les boërs,
m'avaient tellement dégoûté d'une société assujétie à des
coutumes qui me paraissaient ridicules, à des mœurs tellement étrangères aux goûts que j'avais contractés dans mes
premières années, que tout m'éloignait du contact des
nombreuses sociétés : j'étais chasseur; ni devant le lion ni
devant les autres grands carnassiers, mon cœur n'avait
jamais failli. Mais dans une société nombreuse, je me
trouvais dépaysé, embarrassé même, il me fallait les bois,
leurs dangers, et les profondes émotions d'une chasse
périlleuse. Je déclinai donc l'honneur que me faisait Rham-
Muhun-Roy, et priai le docteur de me représenter. C'est

donc lui qui va nous faire la description d'un mariage
brahmanique.

Voici ce que je trouve dans le journal qu'il me remit à
son retour.

Les amis et les parents réunis sont venus prendre le
fiancé et la fiancée. Ils les ont conduits au ghant le plus
renommé du Gange : là, ils ont subi une quantité d'ablutions solennelles suivies de prières, et de la cérémonie de
l'Alrati, qui se fait avec le feu ; le but est de détourner les
effets du mauvais œil. On les a ensuite transportés chez
eux dans des palanquins, puis on les a mis sous une peau
d'antilope, la face tournée vers l'orient, sous une sorte de
dais soutenu par douze piliers décorés de guirlandes de
fleurs, de banderolles et de pierreries. Là, durant tout le
jour, on les a frottés de safran, on leur a lavé les pieds
avec du miel, on leur a lié et délié des nœuds autour des
poignets, après cela on les a cints d'huile et de parfums ;
on leur a passé des pierres magiques sur les membres, avec
prières aux dieux de douer les époux de quelques rayons
de cette flamme céleste qui anima autrefois le premier
couple humain.

Vraiment, dit le docteur, toutes ces cérémonies, quoique
bizarres, m'avaient impressionné, en songeant dans quel
milieu je me trouvais : mais cette impression tourna tout
à coup pour moi au grotesque. Soudain le fiancé se lève,
et déclare qu'il veut quitter sa famille, et aller chercher
fortune ou visiter les lieux de pèlerinages. Après s'être
lamenté et avoir fait des adieux aussi tristes qu'il peut, il
prend un bâton de voyageur à la main, jette une besace
sur son dos comme s'il allait recommencer, pauvre et
errant, les aventures d'un enfant qui a tout prodigué. Alors

est apparue une longue procession, des torches à la main :
ce sont ses amis, qui l'invitent à retourner. Une lutte ridi-
cule s'engage entre eux ; enfin on lui offre une femme
jeune, belle, accomplie ; naturellement le pèlerin est touché
et il revient triomphant ; un charivari de trompettes et de
cymbales, des cris assourdissants et des décharges à fou
l'accueillent.

— Ce n'est pas tout, dit le docteur :. le lendemain, l'as-
sistance, les deux pè es, unissent solennellement la main
de leurs enfants ; puis, avec une componction qui ne me
touche pas, ils leur ont versé sur le corps cinq mesures
d'eau, cinq mesures de blé et sept de lait ; le brahmane
qui présidait à la cérémonie leur a fait la lecture des man-
tras (commandements religieux) consacrés à la discipline
conjugale.

Ce qui m'a paru exorbitant, ajoute le docteur, c'est que
l'époux devient le dieu de la femme ; quelque vieux, laid
et méchant qu'il soit, la femme doit en faire l'idole de son
cœur ; ses désirs doivent être conformes aux siens ; s'il rit,
il faut qu'elle soit prête à rire ; s'il pleure, il faut qu'elle
verse des larmes ; elle doit parler s'il veut parler, et se taire
s'il garde le silence.

Comme on le voit, ajoute le docteur, le code brahmanique n'est pas trop galant, mais il revient à des droits plus
humains. L'homme doit à sa femme aide et protection, bon
souper, bon gîte, et le reste.

Une chose me frappa, ajoute-t-il, et qui me rappela
une pensée charmante du manava chastra : que le nom de
la femme soit composé de syllabes harmonieuses et douces
à prononcer ; qu'il soit dans la maison comme un sourire,
comme une parole de bénédiction. (Lois de Manou, livre III.)

Lorsque toutes ces cérémonies ont été terminées, le brahmane officiant a passé sur l'épaule du fiancé un zéna ou cordon brahmanique, composé de neuf tours au lieu de trois, et il attacha un tahli ou grand anneau au cou de la jeune femme; c'était l'emblème du mariage. Ils regardent cet acte comme le plus solennel et le plus obligatoire de la cérémonie.

Enfin, vient le troisième jour; ici on reconnaît une vestige de l'Asie primitive : les époux ont fait sept fois le tour d'un feu consacré.

Le quatrième jour, dit le docteur, a été moins ennuyeux; il s'agissait d'un banquet, où en présence de tous les assistants, les deux époux ont dîné ensemble : signe de leur union intime. Cette épreuve m'a paru difficile pour la nouvelle épousée; en effet, manger en présence d'un homme, même d'un parent, est regardé comme une preuve de légèreté, et quand on dit d'une femme qu'elle aime les repas de noces, c'est une accusation grave.

Enfin, a commencé le cinquième et dernier jour par une offrande de riz brûlé en l'honneur des dieux et des mânes; à l'exception des suttis, c'est le seul sacrifice auquel une femme puisse prendre part. Puis sont venues des oblations nouvelles, des changements bizrrres de costumes de la part des mariés. Puis le tout s'est terminé comme il avait commencé, par une procession qui, à la lueur des torches, avec un accompagnement d'un effroyable orchestre, a porté à travers les rues les deux heureux époux.

Je ne saurais vous dire, mon cher ami, ajoute le docteur, quel étalage de bijoux et de parures a passé sous mes yeux. Les pauvres et les religieux mendiants ont reçu d'abondantes aumônes. On m'a cité des noces où ces

largesses avaient atteint la somme de trois lacs de roupies
(750,000 fr.)

Ainsi, dans l'Inde, toutes les pensées, tous les projets
et tous les actes n'ont qu'un but : l'orgueil et l'ostentation;
tandis que les premières castes dominent par le joug des
préjugés sur le reste de la nation, s'enrichissent des dons
déposés par les croyants dans les pagodes, et de ceux
qu'ils se transmettent entre eux, vivent dans une grasse
opulence, la classe militaire, les artisans, surtout les agriculteurs, ne vivent que de riz, d'un peu de farine de blé, et
des racines qu'ils font produire à la terre. C'est la misère
poussée aussi loin que possible, en face du luxe et des
dépenses princières de ceux qui furent les chefs du pays et
qui ne sont plus aujourd'hui que les pensionnaires de la
Compagnie anglaise.

Rham-Muhun-Roy, ajouta le docteur, avait parfaitement raison de nous dire que les half-casts amèneraient
seuls des modifications civilisatrices dans l'Inde, forcés
qu'ils sont de tendre leur intelligence vers le bien-être
qu'ils n'ont pas. Il en sera dans ce pays comme dans les
colonies anglaises de l'Amérique, où les créoles sont parvenus à se faire une place dans la société.

Nous en étions là de notre entretien, lorsque le Malgache vint nous avertir que, dans une sortie qu'il avait faite
avec l'Américain, ils avaient découvert, le long du tronc
des grands arbres qui s'élèvent au-dessus des djungles,
des empreintes profondes de griffes. L'Américain pense que
les tigres ne grimpent pas sur les arbres à cause de leur
pesanteur, mais qu'ils s'aiguisent les ongles le long des
troncs, et que les profondes empreintes du tigre ne peuvent s'élever à plus de huit ou neuf pieds le long du tronc.

Il en a conclu que nous avions une panthère dans notre voisinage.

Tous mes instincts de chasseur se réveillèrent puissamment; sauf un léger frémissement que j'éprouvais dans la cuisse, je me trouvai en état de me mettre en chasse. Je choisis le plus doux de mes chevaux, et m'installai sur son dos sans éprouver les douleurs que je craignais, et nous nous mîmes en chasse.

A l'entrée des djungles, il fallut mettre pied à terre ; ils étaient impénétrables aux chevaux. Quatre Indous restèrent à leur garde, et le docteur et moi, accompagnés du Malgache et de l'Américain, suivîmes l'étroit sentier que ce dernier avait déjà pratiqué. Arrivés au pied du grand arbre le long du tronc duquel les empreintes de griffes se trouvaient parfaitement reconnaissables, je vis que ces marques n'avaient pas été faites par un tigre : moins larges et moins profondes, on les distinguait parfaitement jusqu'à l'embranchement des premiers rameaux, c'est-à-dire à plus de vingt pieds d'élévation.

— Attention, criai-je aux chasseurs, la panthère est plus dangereuse que le tigre : que deux d'entre nous aient les yeux fixés aux sommets des arbres ; nos chiens nous indiqueront la présence du carnassier, s'il est à terre.

A peine venais-je de prononcer ces paroles, qu'une masse noire tomba comme une bombe sur le dos d'un de nos grands chiens des montagnes. C'était une panthère : sa large et terrible gueule saisit l'animal par la colonne vertébrale attenant à la tête ; mais le cou était armé d'un collier à pointes de fer aiguës ; un hurlement de douleur sorti de la gueule du carnassier : il fallait bien que les pointes fussent entrées bien avant dans l'intérieur de sa

6

gueule, car les crocs avaient traversé l'enveloppe épaisse
de cuivre et un peu entamé la peau du cou. Mon Phlox
avait déjà engagé le combat, et saisi la panthère à la gorge.
J'ai vu bien des luttes de carnassiers contre les chiens,
mais jusqu'alors je n'avais jamais rien vu d'aussi émou-
vant, d'aussi terrible que la scène qui se passa sous mes
yeux. Abandonnant sa première proie, la panthère saisit
entre ses terribles pattes la tête et le cou bandés de mon
chien. L'autre s'était relevé et jeté sur l'arrière-train de la
panthère; deux autres chiens tombèrent en même temps
sur elle. La force de cet animal est si prodigieuse que,
chargé de quatre ennemis attachés à son corps, il les enleva
d'un seul bond, car ils ne lâchaient pas prise; ils allèrent
tous tomber à dix pas de distance dans un buisson épais
d'où sortaient des rugissements sourds, et que ces quatre
corps acharnés au combat faisaient plier de tous côtés.
Nous nous avançâmes, mais les combattants changeaient
si souvent de position que nous ne pûmes tirer, de crainte
de tuer nos chiens. L'Américain, impatienté de ce retard,
sauta par-dessus les broussailles, et saisit l'instant où il
pouvait viser la panthère, pour lui tirer dans la tête la
charge de sa carabine : quoique la blessure fût mortelle, la
bête féroce n'en cessa pas moins, pendant quelques instants,
à soulever, tendre ses pattes sur ses assaillants, et ne cessa
que palpitante dans une agonie terrible, ou tomba agitant
encore ses membres et rendant un râlement étouffé.

Tous nos chiens étaient blessés; mon pauvre Phlox avait
la tête toute couverte de sang, qui l'aveuglait, mais c'était
heureusement celui que vomissait la panthère. Le cadavre
de ce grand carnassier mesurait, de l'origine de la queue
au museau, six pieds et demi. La taille, moins élevée, pré-

sentait des pattes énormes armées de griffes plus longues mais moins grosses que celles du tigre. Tandis que j'examinais, non notre ennemi vaincu, mais l'état de nos chiens, je me fis les réflexions suivantes :

— Pourquoi nos chiens ont-ils montré tant d'acharnement à combattre un carnassier dont ils ne peuvent se repaître ? Jamais je n'ai vu de chiens manger de la chair des carnassiers ; il y a donc entre les animaux des instincts indomptables de destruction, et si les carnassiers détruisent, c'est pour manger leur proie, tandis que le chien détruit les carnassiers pour abandonner leur chair aux corbeaux et aux vautours. Cet antagonisme entre les animaux de toute espèce existe dans toute la nature, mais le chien est celui qui ne détruit pas le carnassier pour s'en nourrir.

Nous allions nous retirer, lorsque les grands yeux ronds du Malgache découvrirent dans le feuillage d'un arbre voisin une autre panthère qui avait mis entre elle et nous l'épaisseur de l'arbre. La tête seule passait entre les rameaux, et je n'exagère pas en disant qu'elle lançait des flammes.

— A nous ce gibier ! criai-je à mes chasseurs, mais il était impossible de traverser le djungle pour tirer l'animal à coup sûr. Toujours sa tête menaçante s'avançait entre les rameaux, mais avec une mobilité telle, qu'il était impossible de l'ajuster. Je lâchai le coup de ma carabine ; le but n'avait pas été atteint ; car la panthère grimpa jusqu'à la cime de l'arbre. Là, le corps était à découvert, et trois coups de feu partirent. On entendit trois explosions presque insensibles, et l'animal tomba de branche en branche sur le sol, qui rendit un son sourd.

Nos chiens étaient trop blessés pour se mêler de la

partie; d'ailleurs elle était gagnée, la bête était morte
quand nous arrivâmes à quelque distance d'elle; mais la
vie n'avait pas encore abandonné son corps, qui s'agitait
convulsivement à travers le buisson.

— Belle chasse, s'écria l'Américain, mais peaux dia-
blement endommagées; cependant la dernière l'est moins.
Néanmoins on la vendrait une bonne poignée de dollars en
Amérique.

A notre retour à la pagode, deux coureurs indous nous
avaient été dépéchés par le résident Philimore pour nous
apporter une étrange nouvelle : un pionnier écossais nous
avait expédié depuis environ un mois une supplication pour
que nous nous rendissions dans son habitation, où les éléphants faisaient des dégâts horribles. Après une longue
discussion avec le docteur, nous résolûmes de nous rendre
à sa demande. Lorsque nous prîmes congé de notre hôte si
bienveillant, il nous dit :

— Vous serez obligés de passer pour aller à la côte de
Malabar, par un district où l'ancêtre dont je porte le nom
a fait un séjour de plus d'un an, et où ses convictions religieuses se sont profondément modifiées, et ont dirigé le
reste de sa conduite; c'est une population qui descend des
chrétiens de saint Thomas, peu de temps après l'établissement du christianisme. Quand vous serez dans ces contrées,
vous pourrez visiter les temples, peut-être les plus anciens
de l'Inde, c'est-à-dire Ellaura, Elephanta et Salcette.

La contrée se trouve dans le sud de la péninsule
indienne, entre le Cavery et le cap Comorin. Il y a au
moins deux mille ans que ce pays était le centre de la
puissance de ces rois Pandions (branche des Pandaries du
Nord) dont vos géographes européens entendirent parler.

De nos jours, c'est une portion des plus belles, des plus accidentées et des mieux arrosées des contrées de l'Inde. A votre double titre de chasseurs et d'Européens, vous trouverez partout une large et généreuse hospitalité. Ces anciens possesseurs du terrain, qui gardent encore leurs noms mythologiques, et aujourd'hui descendus au rôle obscur de pensionnaires de la Compagnie anglaise, font encore parade de leurs grandeurs passées et se vantent des demi-dieux dont ils se disent descendus.

Il nous donna encore d'autres renseignements et des lettres de recommandation pour les plus célèbres brahmanes que nous pourrions rencontrer sur notre route. Notre séparation ne fut pas sans grande émotion de part et d'autre, et nous promîmes à Rham-Muhun-Roy de lui faire savoir si le nom de son ancêtre avait laissé des souvenirs chez cette petite population chrétienne.

CHAPITRE IX.

Départ de chez le brahmane Rham-Muhun-Roy. — Don d'un manuscrit.
— Voyage vers l'ouest. — Arrivée chez un pionnier écossais. — Son
habitation et ses cultures. — Détails qu'il donne. — Exploration des
lieux environnants. — Visite des carnassiers et des éléphants. —
Cultures. — Ravages auxquels elles sont exposées.

La joie de nos deux chasseurs, en apprenant notre
départ, fut aussi grande que la tristesse du docteur en se
séparant du brahmane, dont il appréciait l'élévation des
idées, et qui l'aimait par conformité de goûts. Il en reçut
deux volumineux cahiers traduits en anglais par le brahmane, et dont nous aurons peut-être à parler plus tard.

Notre route se fit assez lentement ; nous allions en chassant à droite et à gauche, afin de fournir notre cuisine de
gibier. Les chacals, les loups et d'autres petits carnassiers
nous offrirent souvent l'occasion de tirer un coup de fusil,
mais nous les dédaignâmes, cherchant une plus noble
chasse ; ils ne pouvaient pas alimenter notre cuisine, tandis
que la famille des antilopes, des lièvres et autre menu
gibier, nous fournissaient une nourriture aussi abondante
que délicate. Au lieu de rendre visite à la population chrétienne tout d'abord, nous nous dirigeâmes vers la côte du
Malabar, vers la contrée habitée par notre compatriote
l'Ecossais. Une large zone de forêts nous restait à travers ;
nos guides, tout tremblants, nous firent les plus sinistres

prédictions, en nous avertissant que nous allions trouver à chaque instant des animaux féroces de toute espèce. Voyant que nous recevions ces avertissements avec plaisir, puisque c'était ce que nous cherchions, ils se rassurèrent, tout en nous demandant de ne pas s'éloigner de la portée de nos carabines.

Notre marche, à cause de nos deux chariots qui nous mettaient dans la nécessité de nous ouvrir un passage à coups de hache, fut une des plus pénibles de celles que nous avions faites à travers l'Inde. La nécessité de bivouaquer dans ces forêts, que l'on peut appeler vierges, nous arrêta un peu avant le coucher du soleil.

Nous déblayâmes le terrain de broussailles auxquelles nous mîmes le feu, pour chasser les reptiles et les insectes, si incommodes dans les forêts. Tout le monde se mit à l'ouvrage, et jamais bûcheron ni pionnier ne firent autant d'ouvrage que nous en fîmes en quelques heures. Nos chevaux furent attachés dans l'espace qui séparait nos deux chariots; pour calmer l'inquiétude de nos guides, nous entourâmes d'arbustes épineux, du branchage des arbres que nous avions été forcés d'abattre, pour nous ouvrir un passage, et nous nous trouvâmes ainsi dans un véritable camp retranché. Nous avions bonne provision de gibier, du riz, de la farine de blé et deux ou trois paquets de cannes à sucre. Nos guides et nos serviteurs indous préparèrent à l'écart leur riz et leur bouillie de farine de blé, afin de ne pas souiller leurs yeux des mets dont nous allions nous régaler, car après une journée si fatigante la faim nous dévorait.

L'Américain et le Malgache, qui s'étaient chargés de la cuisine, se surpassèrent ce soir-là. Il est peut-être curieux

de faire connaître notre repas de chasseurs. Figurez-vous
un grand brasier, sur lequel est établie notre grande chau-
dière. De larges tranches d'antilope, deux lièvres bouillent
dedans; tandis que devant ce brasier, mon nègre s'occupe
de faire rôtir l'arrière-train d'une antilope et deux gros
perroquets; devant, une grande bouilloire nous prépare
le café et le thé; nous avions pour nappe de larges
feuilles de coccoloba cueillies dans le voisinage, et pour
siéges des troncs d'arbres. Nos chiens rôdaient autour de
ces succulents préparatifs et en humaient la vapeur odo-
rante.

Il faut avoir passé une vie de chasseur pour comprendre
avec quel appétit nous fîmes honneur aux mets préparés
par nos deux cuisiniers. Un grand bruit de voix joyeuses,
les grognements des chiens qui se disputaient nos débris,
et la voix forte du Malgache, qu'un grand verre d'eau-de-
vie avait fait sortir de son impassibilité ordinaire, et qui
entonnait une chanson de son pays, rendaient notre réunion aussi bruyante que joyeuse.

Dans le petit coin du campement où s'étaient retirés les
Indous, on n'entendait pas le moindre bruit, mais à coup
sûr ils se régalaient aussi de riz, de bouillie de blé et d'eau
pure. Pour nous donner plus de sécurité, je fis allumer
sur notre principale voiture ce qui nous servait de phare,
et placer un veilleur à son poste. Il faut avouer que la
fatigue est un puissant incitant au sommeil. Notre nuit se
passa sans accident, et si les voix de la solitude, les hurlements des bêtes féroces, les cris divers des oiseaux qui
peuplaient la forêt se firent entendre, j'avoue que mon
sommeil n'en fut pas troublé.

Lorsque nous nous remîmes en route, les obstacles diminuèrent un peu ; nous étions rentrés dans l'étroit sentier qui aboutissait à l'habitation du pionnier écossais.

J'expédiai un coureur pour annoncer notre arrivée au colon, en le prévenant que nous n'avions besoin que d'un gîte, car nous arrivions amplement approvisionnés.

En approchant de l'habitation, nous vîmes de belles cultures de café, des canneliers, des muscadiers et des girofliers, d'autres plantations qui m'étaient inconnues, et que mon ami le docteur me dit être du cardamome et d'autres épices. Le terrain, d'une fertilité prodigieuse, l'ombre et l'humidité de la nuit qui règnent en ces bois, sont favorables à ces produits, qui s'expédient avantageusement en Europe.

L'habitation que nous découvrîmes entre les rameaux des a bres nous parut être assez étendue et construite en bois : le chemin très-étroit, et qui permet le passage à un seul chariot, avait des deux côtés des fossés assez profonds, et hérissés de buissons épineux. Devant la maison se trouvait une cour assez large, entourée de palissades et fermée par une claire-voie d'un poids énorme. Ce fut avec des transports de joie que les habitants nous accueillirent ; depuis assez longtemps, ils avaient à subir les attaques alternatives des grands carnassiers et des éléphants. Il est à remarquer que les carnassiers et les éléphants évitent de se trouver dans les mêmes parages.

La famille du pionnier se composait du fondateur de cet établissement, déjà trop vieux pour veiller aux détails de ses cultures, de trois enfants dont deux garçons d'assez chétive apparence, enfin de dix serviteurs du pays. Le jeune frère de la femme du fondateur de l'établissement, Écossais comme eux, mais grand et vigoureux, avait pris

la direction de l'exploitation. Sauf nos serviteurs, nous
nous trouvions tous faire partie de la famille écossaise. On
nous servit un repas qui annonçait les ressources culi-
naires que la position dans ces forêts procurait aux habitants. Si le service ne présentait rien du luxe oriental, il
offrait ce qui constitue le véritable confort. Le vieux Mac
Donnel nous raconta les obstacles qu'il avait trouvés pour
asseoir son établissement des forêts. Il est presque incroyable qu'une famille ait eu le courage et la persistance
nécessaires pour fonder un pareil établissement. Dans les
forêts environnantes, des carnassiers nombreux étaient
sans cesse en quête d'une proie; des insectes plus nombreux encore, et plus difficiles à combattre, les assiégaient
le jour et la nuit ; enfin des éléphants et des rhinocéros tombaient sur eux à l'improviste et dévastaient tout.

Leur habitation était entourée de fossés profonds garnis
de pieux aigus et recouverts de branchages. Dans les premiers temps, il fallut passer presque toutes les nuits sur
les arbres : enfin, au moyen de toutes les précautions
prises, ils avaient pu se procurer un peu de sécurité,
mettre les nombreuses clairières en culture, et établir deux
rizières au fond d'une vallée. Mais ce fut ce qui attira les
éléphants sauvages : en une seule nuit, ils dévastèrent ces
deux rizières en pleine prospérité, et non contents de rava-
ger les autres cultures, ils s'étaient attaqués à la maison
même, ébranlant les énormes poteaux qui s'élevaient au-
dessus du sol, et seraient parvenus à la renverser avec leurs
trompes, si les habitants n'avaient fait sur eux plusieurs
décharges de fusils. Après les éléphants apparurent les carnassiers, qui leur enlevèrent plusieurs pièces de bétail :
c'est alors qu'ayant appris que des Anglais, Ecossais

d'origine, parcouraient l'Indoustan en donnant la chasse aux tigres, le vieux propriétaire avait pris le parti de leur adresser la requête dont nous avons parlé plus haut.

Accompagnés du docteur et de mes deux serviteurs, nous allâmes visiter les alentours de l'établissement. Les moyens de protection nous parurent admirablement pris, et je compris que la famille du pionnier avait pu se maintenir dans la forêt. Lorsque nous rentrâmes, je me fis expliquer plus amplement dans quelles circonstances et à quelles époques leurs ennemis de l'extérieur venaient les attaquer.

— Quand les tigres ont disparu, nous dit le vieux Mac Donnel, je m'attends à voir arriver les éléphants, les rhinocéros, et une multitude de ruminants qui dévorent tout.

Si je ne me trompe, l'époque où apparaissent les éléphants et les autres animaux qui les accompagnent est proche, car depuis vingt jours qu'un tigre nous a enlevé un bœuf de labour, nous ne les avons vus, ni entendu leurs rauquements dans les alentours.

L'Américain et le Malgache étaient partis dès le matin pour faire ce qu'ils appelaient une reconnaissance dans les forêts. Ces deux hommes, si différents de caractères, étaient devenus si étroitement liés, que l'un ne pouvait marcher sans l'autre. L'intelligence de l'Américain imposait au Malgache, mais celui-ci tempérait par son impassibilité la pétulance de son ami; ils étaient donc en chasse depuis le matin, tandis que le docteur et moi, d'après la connaissance que nous avions prise des lieux, dressions notre plan de chasse.

Tout à coup, nos deux chasseurs revinrent, portant sur un brancard un énorme sanglier.

— Ah ! dit l'Américain, nous avons découvert une bête vingt fois plus grosse que ce sanglier, et, sur mon honneur, je n'ai pas osé lui envoyer une balle; quoique explosible, qu'eût-elle fait dans le corps d'un animal qui m'a paru avoir dix-sept à dix-huit pied de hauteur ?

— Où l'avez-vous découvert? demanda vivement le pionnier; c'est un éléphant de la plus grande espèce, et s'il nous arrive avec sa troupe, car ils voyagent toujours en bandes, ils ravageront tout et raseront mon habitation, si cela leur passe par la tête.

— Ne vous effrayez pas, lui dit le docteur, nous avons des armes assez puissantes pour les combattre, et s'ils s'approchent de votre habitation à la portée de nos carabines, ils auront du regret d'avoir abandonné leurs forêts profondes.

Nous prîmes nos précautions pour repousser leurs attaques, dans le cas où ils se dirigeraient vers nous, et pour les poursuivre s'ils jugeaient à propos de rentrer dans leurs forêts.

Nos deux chariots se trouvaient dans la cour intérieure, mais mal placés pour la défense : nous les mîmes le long des palissades et allâmes nous y réfugier, en recommandant au pionnier de nous avertir s'il avait besoin de secours de son côté, et de venir au nôtre s'il entendait le son de notre clairon.

Le reste de la journée se passa bien tranquillement. Notre asssurance en donna à nos hôtes, et tout était bien préparé pour recevoir une attaque, de quelque côté qu'elle vînt.

La journée suivante fut employée à explorer les alentours des établissements. Rien n'était beau comme ces amas de grands arbres entourés de broussailles et de plantes grimpantes qui atteignaient les branches les plus élevées, d'où elles pendaient en girandoles. La beauté des fleurs de ces lianes faisait pousser des cris d'admiration au docteur, et ce qui animait ces océans aériens de verdure n'était pas moins digne d'attention. Des perroquets de toutes nuances et de toutes les couleurs les plus variées, circulaient avec des singes dans ces palais aériens, ainsi que le disait le docteur, enthousiasmé. Le terrain était fort accidenté, et après avoir parcouru une assez longue vallée qui servait de rizière, on entrait dans une autre vallée beaucoup plus large au fond de laquelle coulait un grand ruisseau baignant en partie une nappe de verdure, au-dessus de laquelle s'élevaient les hautes tiges des sorghos et des maïs géants.

— Vous voyez cette belle et puissante végétation, nous dit le neveu du pionnier, qui nous servait de guide; c'est de là que nous tirons notre alimentation, et souvent le tout est détruit en une nuit, quand les éléphants y font une descente. L'énorme quantité de fourrages qu'ils absorbent n'est pas égale à celle qu'ils foulent sous leurs larges pieds. Alors, nos ressources sont extrêmement restreintes, et nous sommes réduits à vivre de laitage quand les tigres n'ont pas trop diminué notre troupeau, et de la venaison que nous ne nous procurons pas toujours sans danger; des arbres fruitiers de toute espèce nous entourent, mais les singes et les perroquets les ravagent; nos produits les plus sûrs et les plus avantageux nous viennent des arbres à épices, et de ceux qui donnent des fruits propres à la teinture.

— J'oubliais, ajouta-t-il, que nous avons encore un ennemi très-dangereux : c'est le sanglier; mais nous l'avons un peu éloigné de notre demeure, et il s'est retiré dans les marécages qui sont au-dessous de cette vallée.

— Il me semble, lui dis-je, que vous nous avez parlé des rhinocéros ?

— Oh! ceux-là ne nous font pas de fréquentes visites, ils se tiennent dans les forêts des hautes terres qui sont au nord; mais quand un d'eux s'est écarté, il arrive comme un boulet de canon, brisant tout sur son passage, et ne reculant devant aucun danger.

— Ainsi, lui dis-je, vous êtes dans la position d'une garnison assiégée, et d'autant plus difficile que l'ennemi vous arrive quand vous ne l'attendez pas.

— Dites que nous sommes toujours sur le qui vive, me répondit-il en souriant, et que ce n'est pas la moindre de nos fatigues; mais l'homme s'habitue à tout, et je vous avoue que la première année de mon séjour dans cet établissement me parut plus pénible et plus dangereuse qu'aujourd'hui. Quand les bestiaux sont rentrés, que la porte de notre enclos est solidement fermée, nous ne redoutons pas l'attaque des tigres; les palissades sont trop élevées pour qu'ils puissent les franchir; il n'en est pas ainsi des éléphants : si, quand ils sont en fureur, ce qui leur arrive au temps du rut, ils se trouvent en vue de nos établissements, ils se lancent contre, déracinent les palissades ou les broient. Un d'eux, il y a quelques années, est venu jusqu'à l'habitation, en plein jour, et a tenté d'en arracher les forts piliers qui la soutiennent.

Nous revenions sur nos pas pour rentrer à l'habitation, car la chaleur était si forte que des vapeurs s'élevaient de la terre, se condensaient aux rameaux et aux feuilles des arbres, d'où elles tombaient sur nous en gouttes chaudes.

Pour arriver plus tôt à l'habitation, nous suivîmes un sentier étroit et tellement ombragé, que les rayons du soleil n'arrivaient pas jusqu'à nous.

— Attendez que je prenne les devants, nous dit notre hôte ; il était armé d'un instrument très-long, semblable à une fourche dont les dents sont très-rapprochées. Nous avions fait environ cinquante pas sous le vent, quand nous le vîmes enfoncer vivement sa fourche dans le sol : il venait de couper en deux un petit serpent, dont les restes s'agitaient sur la terre.

— J'ignore le nom que l'on donne à ce reptile, nous dit-il, mais sa morsure est toujours mortelle.

Le docteur s'approcha et nous dit que c'était le serpent noir. Deux autres, mais beaucoup plus longs, se trouvèrent devant lui ; il ne put en couper qu'un seul, l'autre se réfugia dans les broussailles.

— Nous sommes habitués à rencontrer pareille vermine sous nos pas ; aussi ne sortons-nous point sans cette fourche et sans ces fortes guêtres formées de peau de rhinocéros.

Nous arrivâmes à l'habitation sans aucune autre encombre, et nous allâmes nous reposer dans d'excellents lits.

CHAPITRE X.

Départ de l'habitation du pionnier écossais. — Difficultés de la route. — Un bruit étrange. — Les éléphants au bain. — Les chasseurs découverts. — Charge à fond de cinq éléphants. — Le plus gros est atteint de quatre balles explosibles. — Terreur et fuite des autres. — Les chasseurs auprès du cadavre de l'éléphant. — Ses gigantesques dimensions. — Le docteur en enlève les quatre pieds. — Cuisine de sauvages. — Deux Indous mangeant de la chair. — Volée de corbeaux et de vautours. — Ils s'abattent sur le cadavre. — Ils s'envolent à la vue d'un tigre suivi d'un autre. — Festin de ces deux derniers.

Nous fûmes obligés de laisser nos chariots dans l'établissement du pionnier écossais, pour continuer nos chasses dans l'intérieur du pays, où aucun chemin n'était ouvert, et où par conséquent nos chariots ne pouvaient nous servir à rien. Quatre chevaux nous suffisaient, deux pour porter nos tentes et nos autres bagages, et deux pour servir de montures à ceux d'entre nous que la fatigue aurait abattus. Nos harnais, trois tentes et les ustensiles les plus nécessaires pour une cuisine de chasseurs, firent la charge de deux chevaux. Chacun de nous se chargea de provisions pour plusieurs jours, et était approvisionné suffisamment de cartouches et de grenades.

Notre hôte nous céda deux de ses serviteurs qu'il employait ordinairement aux chasses, et qui connaissaient assez bien le pays. Nous lui laissâmes quatre de nos serviteurs indous, persuadés que nous serions en nombre suf-

fisant et assez bien armés pour nous avancer dans la région
où se tenaient les éléphants.

Notre départ eut lieu de grand matin, afin de gagner
un peu de terrain avant la grande chaleur du jour. Nos
deux chasseurs indous marchaient en avant comme éclaireurs; un d'eux portait une longue trompe dont se servent
les naturels; les signaux furent convenus, et ce fut sous
des ombrages dégouttants de la rosée de la nuit, que nous
nous mîmes en marche. Il est impossible de dépeindre ce
que cette marche avait de difficultés et en même temps
d'aperçus propres à flatter la vue. Après de véritables
djungles, s'offraient des clairières à perte de vue, puis des
collines au bas desquelles nous entendions le murmure
des ruisseaux; tout était vert, riant; tout annonçait une
végétation plus que luxuriante : les chants discordants des
oiseaux qui pullulaient dans les rameaux, les grincements
du cri des singes, puis des volées de corbeaux et de vautours, tout annonçait une surabondance de vie. Voilà ce
qui me frappait; mais mon ami le docteur éprouvait bien
d'autres sensations : il courait à droite, à gauche, recueil-
lant des fleurs, des plantes en s'extasiant; dans les clairières, passaient rapides comme des flèches, des troupes
d'antilopes, et d'autres animaux que nous n'avions pas le
temps de reconnaître : nous vîmes force chacals et d'autres animaux d'une taille plus élevée, que nous jugeâmes
être une espèce de loup particulière à ces contrées. Il pouvait être le milieu du jour, lorsque nous atteignîmes une
terre beaucoup plus élevée où les arbres étaient clair-
semés, et d'où la vue s'étendait sur ces océans de forêts.
Au bas s'ouvrait une large et profonde vallée où coulait
une rivière assez étendue et bordée d'arbres magnifiques.

7

Là, nous fîmes halte au sein d'un massif qui nous mettait à l'abri des rayons déjà brûlants du soleil.

Tandis que mes compagnons préparaient le repas et s'occupaient des soins qu'exigeaient nos chevaux, je montai sur une pointe de rocher qui dominait toute la vallée. Là, armé de ma lunette, je parcourus tout le pays qui était sous mes yeux. Dans l'espace qui se trouvait entre de grands arbres, je découvris nos deux chasseurs de l'habitation. Ils étaient debout sur le bord de la rivière : leurs gestes m'annonçaient que quelque chose attirait puissamment leur attention. Bientôt ils revinrent sur leurs pas et firent entendre le son de leurs cornets.

Qu'avaient-ils découvert de nouveau ? Je l'appris bientôt.

— La rivière est trouble, me dirent-ils, il est bien certain qu'une troupe d'éléphants se baigne à peu de distance en amont. Si vous pouvez les surprendre à l'instant où ils sont dans la rivière, il vous sera facile de les tuer. Mais il n'est pas aussi facile que vous le pensez de les approcher. Ces grands animaux ont l'ouïe et l'odorat d'une subtilité extrême, et comme leur intelligence est supérieure à celle de tous les êtres au-dessous de notre espèce, il y aurait peut-être danger à les attaquer sans prendre toutes les précautions possibles.

Nous abattîmes aussitôt nos tentes-abris, et prîmes un détour à droite, parce que le fouillis des arbrisseaux et des arbres qui couvraient la rive était inextricable ; nous montions toujours, car la rivière était encaissée entre de hauts rochers, et çà et là des blocs énormes de rocs nous forçaient de dévier.

— Ils ne sont pas loin, nous cria un des guides éclaireurs, voici le sol parsemé de grosses branches dont ils ont brouté le feuillage et les plus tendres. Voyez l'empreinte de leurs larges pieds.

Ils se mirent à les examiner et nous déclarèrent que la troupe devait être assez nombreuse, car les empreintes variaient beaucoup de grandeur. Voilà, nous firent-ils remarquer, les traces d'un animal d'une hauteur peu ordinaire, à côté de plusieurs autres qui annoncent des animaux inférieurs en taille.

Ils se mirent à la piste et arrivèrent jusqu'au bord de la rivière. Nous n'avions pas besoin d'attendre leur rapport pour comprendre que nous étions dans le voisinage des éléphants. Un bruit singulier et puissant, et que je ne puis comparer à aucun de ceux que j'avais entendus jusqu'alors, arrivait jusqu'à nous. Il fallait traverser une étroite vallée et grimper sur des rochers fort élevés qui longeaient la rivière. Nos éclaireurs revinrent et nous dirent que les éléphants prenaient leurs ébats dans une nappe d'eau formée par le courant interrompu de la rivière. Nous avancions toujours avec précaution : heureusement que lo vent nous arrivait de face et emportait nos émanations en arrière.

Enfin, nous voilà au sommet du rocher : de là, l'œil plongeait sur une autre vallée qui aboutissait à la rivière, et qui était presque dénudée d'arbres. Cinq éléphants plongés dans l'eau, l'absorbaient avec leurs trompes et se la jetaient mutuellement sur le dos. Je fus étonné des dimensions énormes et de la hauteur de l'un d'entre eux. Les quatre autres étaient plongés dans l'eau, qui ne leur laissait à découvert que le dos, la tête et la trompe, tandis que l'un d'eux avait à peine de l'eau jusqu'au ventre et s'arrosait bruyamment le dos.

Nous étions encore trop éloignés pour les tirer avec pré-
cision ; mais nous ne pouvions quitter notre position sans
nous mettre à découvert ; les rochers étaient nus. En nous
laissant glisser sur le sol, nous pûmes nous approcher
d'une cinquantaine de pas ; mais nous avions été découverts, et la troupe des éléphants, cessant ses jeux aqua-
tiques, regagna la rive la trompe en l'air.

— Prenez garde à vous, et cherchez l'abri des rochers,
nous cria un de nos éclaireurs ; ce sont des éléphants de la
plus terrible espèce.

Il avait raison ; celui dont la taille m'avait paru mons-
trueuse me sembla délibérer avec ses quatre compagnons,
et se mettant résolûment à leur tête, il vint au grand trot
vers nous.

—Diable, me dit le docteur, si cette énorme masse nous
arrive avant d'être blessée, nous serons écrasés comme si
un bloc de rocher tombait sur nous.

Je me trouvais par hasard auprès d'une roche énorme
au sommet de laquelle le Malgache me hissa, puis, sans
souci de sa personne, il alla se ranger à côté de l'Américain, qui épaulait sa carabine. Tout cela fut fait en si peu
de temps, que je me trouvai sur le rocher sans trop savoir
comment j'y étais arrivé. Les éléphants arrivaient sur
nous d'un pas accéléré, faisant autant de bruit qu'un esca-
dron au galop ; mais arrivés à la montée, ils ralentirent leur
course (l'éléphant monte et descend lentement).

Le plus gros se trouvait à bonne portée de ma carabine :
je l'ajustai, et deux coups suivirent rapidement le mien.
Ma balle l'atteignit non au front, où j'avais visé, mais à la
racine de la trompe. Son explosion fut si forte, que l'animal, d'ailleurs atteint de deux autres balles explosibles,

tomba sur le côté gauche, et la terre en retentit. Les explosions, cette chute et le grondement d'agonie du plus gros des éléphants, épouvantèrent tellement les quatre autres, qu'ils prirent la fuite, et se dirigèrent vers la forêt : ils reçurent cependant les décharges des fusils de nos deux chasseurs indous ; mais elles ne ralentirent pas leur course. Je ne savais ce que le docteur était devenu, mais il avait lâché son coup de carabine en même temps que les deux autres chasseurs, de manière que l'éléphant avait reçu quatre balles explosibles : aussi, je n'ai jamais vu d'animal plus déchiré que celui-là. Un des pieds avait l'omoplate correspondante entièrement broyée.

— Ah ! s'écria le docteur, j'ai voulu savoir si une de mes balles pouvait désorganiser ce gros membre, et je vois qu'elle a fait merveille.

— Cependant, ajouta-t-il en considérant ce corps immense étendu devant nous, n'avons-nous pas commis un crime en détruisant une aussi magnifique créature dont la chair nourrirait cent hommes pendant huit jours ?

Il mesura l'animal depuis l'origine de sa courte queue jusqu'à la tête, et lui trouva dix-sept pieds de long. La hauteur n'était pas tout à fait égale ; elle avait quinze pieds, et les défenses trois pieds et demi de longueur. Je ne pus m'empêcher d'éprouver un peu l'émotion du docteur : en réalité, que venions-nous faire ? Nous venions de préparer une pâture aux carnassiers du ciel et de la terre. Les défenses seules pouvaient nous être utiles. Armés d'une hache, l'Américain et le Malgache commencèrent à les détacher par la racine ; mais l'œuvre était difficile ; ils étaient tout en sueur quand ils les eurent entièrement détachées de la tête.

Leur poids était si fort que le cheval sur le dos duquel

nous les mîmes en parut surchargé. Pendant ce temps-là,
le docteur s'occupait activement à couper les quatre jambes.

— Qu'en voulez-vous faire, docteur? lui demandai-je.

— Ah! vous ne savez donc pas que les pieds d'éléphant
sont un mets délicat; laissez-moi faire, je vais enseigner à
nos deux cuisiniers l'art de cuire convenablement des pieds
d'éléphant.

Il les fit porter au lieu où notre tente était dressée, puis
commanda au Malgache de faire un trou profond dans la
terre : les Indous furent envoyés chercher le plus de branches sèches qu'ils pourraient trouver. Un véritable bûcher
fut dressé sur ce trou, et bientôt une flamme tellement vive
s'éleva, que nous fûmes obligés de nous éloigner. Le docteur n'avait pas perdu de temps; un seul des quatre pieds
fut enveloppé de larges feuilles, puis jeté dans le trou, qu'il
fit couvrir immédiatement de cendres brûlantes et de terre.

— Vous verrez, me dit-il, ce que vaut un pied d'éléphant cuit à la manière des sauvages, et vous me direz s'ils
ne valent pas les cuisiniers d'Europe.

Nos chiens, après avoir longtemps hésité à s'approcher
du cadavre de l'éléphant, se décidèrent enfin à laper de
grandes quantités de sang dont la terre était couverte; ils
revinrent auprès de nous, la gueule sanglante et le ventre
tellement rebondi, qu'ils allèrent se coucher à l'ombre.
Déjà on voyait tournoyer en l'air des nuées de corbeaux
et des vautours au cou dénudé, qui se préparaient à
s'abattre sur cette immense proie. J'allai m'asseoir un peu
à l'écart, et appelant près de moi un chasseur indou qui
parlait passablement l'anglais, je lui demandai si les carnassiers ne viendraient pas prendre part au festin.

— Oh! me répondit-il, attendez la nuit; les tigres, les

hyènes et les chacals ne perçoivent pas les émanations d'un cadavre eux qui vivent au milieu des senteurs des bois, aussi vite que les carnassiers d'en haut, auxquels ces émanations arrivent directement. Le tigre attire les vautours et les corbeaux, mais quand ceux-ci poussent de pareilles clameurs dans l'air, les tigres comprennent qu'il y a une proie, et accourent pour s'en emparer aussi.

Je jetai les yeux à l'endroit où se trouvait le cadavre de l'éléphant. En vérité, je n'ai jamais vu tant d'animaux voraces s'acharner au carnage. J'ai envie de leur jeter quelques balles.

— Que le saïb ne perde pas sa poudre, me dit l'Indou, ces bêtes ne lâcheront pas prise ; elles s'élèveront un instant dans l'air, puis, même sur le corps de leurs compagnons, elles dévoreront ce qu'un heureux hasard a mis à leur portée.

Déjà j'entendais les cris de mon ami le docteur : Venez donc, venez donc, la nappe est mise et le rôti attend. La nappe dont parlait le docteur était de grandes feuilles arrondies de coccoloba étendues sur une partie du rocher, qui représentait assez une table. Comme je savais que les Indous ne touchent pas à la chair, j'avais recommandé à mon Malgache de leur faire cuire du riz mélangé avec de la farine de blé : ce mets assez épais était tendu sur une plaque de tôle et mis sur le feu ; il avait la forme d'une galette, qui est fort du goût de ces peuplades.

Quel fut mon étonnement, quand je vis les deux chasseurs du pionnier venir à notre table solide, puisque c'était le roc vif, et portant dans la main gauche une large feuille dans laquelle ils nous prièrent de déposer de la chair du pied de l'éléphant : ils tournèrent le dos à nos autres serviteurs, et se mirent à dévorer la part que nous leur avions donnée,

Lorsque j'eus moi-même goûté à la cuisine du docteur, j'avoue que je trouvai la chair excellente, et que la venaison me parut inférieure à celle-ci. Ma foi, le pied de l'éléphant disparut, et je ne pus m'empêcher de rire en voyant mon Malgache qui s'était couché sur le dos et qui en avalait de longs filets.

— C'est ainsi, me dit le docteur, que les Italiens de Naples avalent leur macaroni : mais je suis persuadé que s'ils avaient senti l'odeur de ce mets, et goûté quelques bouchées, ils le préféreraient à leur mets national. Nous avions du vin de palmier frais, de bonne eau-de-vie de France, et d'excellent moka. Notre repas pouvait donc être appelé un festin.

Quand l'estomac est satisfait, quand de généreuses boissons excitent la digestion, on éprouve un bien-être extraordinaire.

— Vraiment, dit le docteur, je comprends que les carnassiers, après être rassasiés de proie, se retirent dans leurs tanières pour se livrer au plaisir de la digestion.

Tenez, me dit-il, les carnassiers ne le sont qu'autant que l'estomac les sollicite à chercher pâture. Je crois (mon ami le docteur était un peu gai) que s'ils pouvaient vivre d'herbes et de feuillages, comme les éléphants, ils n'enlèveraient ni les hommes ni les animaux pour les dévorer.

Pauvres bêtes, dit-il en ayant l'air de s'attendrir, elles ne peuvent pas vivre autrement, et Dieu l'a si bien senti, qu'il leur a donné des griffes et des mâchoires formidables.

En parlant ainsi, il étendit la main de l'autre côté du rocher, vers le lieu où se trouvait le cadavre de l'éléphant.

— Vrai Dieu ! nous avons commis un meurtre ; cet animal ne se nourrissait que d'herbes et de feuillages, et n'est

pas armé pour dévorer de la chair : cependant ses pieds
forment une excellente nourriture, et nous avons encore
trois bons repas à faire. Milord, si vous écrivez en Angleterre, ne manquez pas de donner ma recette aux cuisiniers
en renom.

— Je n'y manquerai pas, mon cher docteur, lui répondis-je, et en même temps je leur conseillerai de faire transporter des troupeaux d'éléphants pour les parquer dans les
pâturages de la joyeuse Angleterre.

Le docteur allait sans doute me répondre, quand nous
entendîmes un grand battement d'ailes, et vîmes des nuées
de corbeaux, des bandes de vautours tourbillonner dans
l'air au-dessus du cadavre de l'éléphant. Nous nous levâ-
mes subitement, pour regarder dans la vallée, là où était
le cadavre. Tout nous fut expliqué : un tigre de haute taille,
dont l'arrivée seule avait chassé les convives, dévorait avec
une avidité surprenante les chairs encore fraîches. Un
rauquement épouvantable se fit entendre dans la forêt, et
un autre tigre de moindre taille arriva en bondissant et se
jeta sur la croupe de l'éléphant. Ils le dévoraient avec tant
d'appétit, que quoique nous eussions fait un peu de bruit,
ils ne parurent pas l'avoir entendu.

— Eh bien ! dis-je à basse voix au docteur, êtes-vous
disposé à vous apitoyer sur le sort des carnassiers ?

— Oui, me répondit-il en chargeant sa carabine, ce que
nous fîmes tous, et peut-être allions-nous troubler leur
festin, quand l'Indou, me posant la main sur le bras, me dit :

— Pas encore, saïb, puisqu'il y a de la chair, laissez-les
s'en gorger, et quand, avec votre petit instrument (il parlait de ma lunette), vous verrez que leur ventre est arrondi,
alors il sera temps de les tirer. Je crois même qu'ils se cou-

cheront auprès du cadavre pour en écarter les voraces ailés.

Je pus donc assister à un festin de tigres. Le plus grand s'étant emparé de la trompe, la dévora en peu de temps, puis, avec sa forte mâchoire, entr'ouvrit la tête, dont il suça la cervelle. L'autre, qui avait trouvé le ventre ouvert, en arrachait les longues entrailles et posait les pattes dessus pour les avaler par morceaux. Les ondulations de leurs queues prouvaient la joie que ce festin leur causait.

Bon Dieu ! qu'ils dévorèrent de chairs durant plus d'une heure que nous restâmes à les observer. Je compris alors la vérité des récits qu'on m'avait faits plusieurs fois, qu'un tigre pouvait dévorer un bœuf en un jour. Le corps de l'éléphant équivalait en chair à celle de cinq à six bœufs, et je voyais déjà les côtes à nu, la croupe dévorée, ainsi que le cou et la chair de la tête. Les vautours et les corbeaux planaient toujours au-dessus d'eux, attendant avec impatience les reliefs du festin : les tigres ne faisaient pas plus attention à leur cris rauques que si une brise avait agité les forêts. Aux alentours, çà et là, je voyais poindre les museaux pointus des chacals. Quand les rois des forêts sont à table, il sied mal aux petites gens de venir les troubler. Cependant, je suis persuadé qu'ils avaient grand'faim, mais une respectueuse terreur les tenait à distance.

— Auront-ils bientôt fini ? me dit l'Américain, qui caressait impatiemment le canon de sa carabine.

— Ne tirez pas, lui dis-je, les deux tigres ne sont pas encore rassasiés ; cependant, je les vois dévorer avec moins d'avidité.

Plus d'un quart d'heure se passa avant que les deux carnassiers eussent cessé leur festin : enfin ils se dressèrent sur leurs pattes, secouèrent leurs têtes sanglantes, dres-

sèrent les oreilles, et interrogèrent par l'odorat l'air
ambiant. Je ne sais si chez eux, le sens de l'odorat est
émoussé quand ils sont bien repus ; quoique nous eussions
le vent à dos, et que les émanations provenant de nous et
de nos bêtes dussent leur arriver directement, ils ne les
sentirent pas. Déjà ils retournaient dans la forêt opposée,
quand un de nos chasseurs indous, posté derrière un buisson, fit feu. D'un bond les tigres se retournèrent, mais ce
n'était plus le bond du tigre à jeûn.

— Feu! criai-je à mes gens; et nos carabines retenti-
rent. Peut-être que jamais un plus beau fait de chasse ne
s'était produit : les deux tigres tombèrent sur le côté, se
relevèrent, retombèrent encore en rugissant. Ils étaient
blessés mortellement. Une attente un peu longue nous
retint à nos postes, et quand nous vimes que les corps
gisant à terre ne s'agitaient plus, nous nous en approchâmes
avec précaution. C'étaient le mâle et la femelle. Il eût été
inutile d'enlever leurs peaux ; les balles explosibles avaient
éclaté avec tant de violence, qu'elles étaient déchirées en
lambeaux. Satisfaits de cet exploit cynégétique, nous allâmes en passant jeter un coup d'œil sur les restes de l'éléphant. Il est incroyable qu'une aussi grande masse de chair
eût été absorbée en si peu de temps par les carnassiers de
l'air et de la terre.

De retour à notre campement, nous nous préparâmes à
continuer notre route.

CHAPITRE XI.

Départ, arrivée dans la contrée des chrétiens de saint Thomas. —
Quelques détails sur l'aspect des lieux. — La population, les croyances
religieuses. — Entretien avec le curé. — Ils assistent aux offices du
dimanche. — Leur édification. — Rham-Muhun-Roy a laissé des souvenirs dans cette contrée. — Opinion sur son compte. — Départ. —
Arrivée dans la plaine d'Ellaura. — Etonnement à la vue des ruines
voisines. — Description des temples taillés dans la montagne. —
Fâcheuses nouvelles qui nécessitent un prompt départ pour Calcutta.

Notre course ne nous offrit plus d'accidents remarqua-
bles; mon but était d'atteindre les pentes méridionales du
plateau d'Eccani. C'est dans cette contrée que notre ami le
brahmane nous avait indiqué la résidence des chrétiens de
saint Thomas, où son aïeul Rham-Muhun-Roy avait
séjourné assez longtemps. Voici l'aspect que nous présenta
le pays : une agréable variété de collines et de vallées que
fertilisent de nombreux cours d'eau descendent des montagnes et procurent aux guérets une verdure perpétuelle.
Les bois produisent du poivre, du cardamome, de la cannelle sauvage et de l'encens; le sol y est jonché de plantes
aromatiques. Mais ce qui ajoute surtout à la beauté du
paysage, ce sont, sur les hauts sommets, les noires forêts
de tecks, qui fournissent le plus beau bois de construction
que l'on puisse trouver; ce sont surtout les clochers et les
nefs antiques qui se dressent du sein de la verdure sur les

croupes des collines, et le tintement des cloches éveillant les échos.

La première vue des églises chrétiennes dans cette région écartée de d'Inde, jointe à l'idée de leur durée paisible pendant une si longue suite de siècles, ne saurait manquer de faire naître de profondes émotions dans l'âme du voyageur européen. La forme des plus anciens de ces édifices rappelle l'architecture des plus vieux monuments religieux de l'occident, de ceux qui précédèrent l'art gothique.

Ils ont des toits obliques, des arcs de croisées pointus et des éperons contre-boutant les murs. Les rayons du toit qui sont en vue ont des ornements; les lambris du chœur et de l'autel sont circulaires et ciselés. Dans les cathédrales, les châsses des évêques décédés sont placées aux deux côtés de l'autel. La plupart des églises sont bâties en pierre de taille rougeâtre et polie à la carrière; leur construction est solide, le mur de front des grands édifices ayant deux mètres d'épaisseur : les cloches des églises sont coulées dans les fonderies de Travancore. Il y en a d'une grande dimension, et quelques-unes d'entre elles portent des inscriptions syriaques et malayalines (1).

Notre arrivée ne causa aucune surprise aux habitants, dont les hameaux étaient groupés autour de ces temples rustiques. Toutes les portes nous furent ouvertes, et sans nous faire aucune question, on nous servit des rafraîchissements, comme on l'eût fait pour des frères revenant d'un voyage; c'est que les vertus chrétiennes sont exercées par les Indous avec une rigueur et une pureté faite pour étonner ceux qui n'ont jamais connu le caractère des naturels que par ses côtés désavantageux.

(1) DE LANNOYE, *Inde contemporaine.*

Un vieillard d'assez haute taille, vêtu à l'orientale, vint nous visiter dans la petite habitation qui nous avait accueillis. C'était le curé de la paroisse. Sans nous demander si nous partagions ses croyances religieuses, il nous engagea à établir notre domicile temporaire dans son habitation. Il parlait facilement l'anglais, et parut enchanté d'apprendre que nous appartenions à la religion catholique.

— Eh bien! nous dit-il, demain dimanche, vous pourrez assister avec bonheur à nos exercices religieux. Après cela, il nous fit servir un repas confortable, nous indiqua les appartements qui nous étaient destinés, et fit distribuer nos serviteurs dans le village. Cette maison hospitalière nous parut d'autant plus agréable, que nous trouvions partout les indices du culte de notre enfance, et nous allions nous retirer pour reposer paisiblement enfin sous un toit, après tant et de si rudes fatigues, quand le curé nous invita à assister à la prière du soir.

Nous nous y rendîmes, sauf nos serviteurs indous.

Nous fûmes émus en voyant dans un oratoire assez resserré toutes les personnes composant la domesticité du curé. Une place nous fut réservée sur la droite, et lorsque la prière commença, un silence profond se répandit sur toute cette petite assemblée, au-dessus de laquelle la seule voix du prêtre s'éleva. Ce fut pour la première fois que je compris tout ce qu'il y a de saint dans cette cérémonie de famille, et d'harmonie dans la langue malayalaine. Quoique je ne comprisse rien aux paroles prononcées par le prêtre, l'attitude religieuse des assistants me remplit d'émotion et de respect.

La prière finie, chacun se retira en silence, et un serviteur nous conduisit dans nos appartements. Notre nuit fut paisible, et nous ne sortîmes du sommeil qu'éveillés par le son des cloches. Une place séparée dans l'église nous fut assignée : une ouverture ogivale nous permettait de voir sur le chemin qui conduisait à l'église. De tous côtés et par des sentiers qui aboutissaient à ce chemin, je vis des troupes nombreuses de fidèles, vêtus probablement de leurs plus beaux habits, s'avancer sans désordre, sans bruit, vers l'église. Ils y prirent place sans le moindre tumulte, avec un calme religieux qui m'étonna. Le sacrifice de l'autel commença : alors s'élevèrent des psalmodies qui rappelaient l'ancien plain-chant des cantiques sacrés : les voix douces et harmonieuses des femmes commençaient ; elles occupaient un des côtés de l'église. Puis les voix plus fortes et plus sonores des hommes répétaient les versets sacrés. Les prières terminées, le prêtre monta dans une tribune et commença un sermon.

Je ne comprenais pas ce qu'il disait, mais le ton simple et pénétré dont il le débita, l'attention soutenue avec laquelle on l'écoutait, me firent comprendre qu'il était à la portée de tous les auditeurs. Un bruit singulier attira mon attention : c'était celui que faisaient plusieurs d'entre eux en écrivant sur des ollas (espèce de tablettes) les discours qu'ils entendaient, afin de les lire ensuite en famille.

Le curé m'apprit que tous ses paroissiens, hommes et femmes, savaient lire, et que les écoliers mêmes ont leurs ollas à la main, et qu'en s'en retournant chez eux, à travers les champs, ils sont occupés à faire la lecture du sermon à leurs mères.

On fait remonter cette société chrétienne aux idolâtres que convertit saint Thomas peu d'années après la mort de Jésus-Christ.

Il paraît évident que ces communautés chrétiennes furent en communication avec celles de l'Europe, jusqu'au concile de Nicée, puisque les actes de ce concile font foi de la présence de Johannes, évêque de l'Inde vers l'an 325. Depuis, les relations cessèrent, et l'organisation de cette société chrétienne a conservé celle des temps primitifs du christianisme : les évêques sont nommés par la société des fidèles, ainsi que les autres membres de l'église, et s'il faut en croire les renseignements que j'ai pu me procurer, au milieu de cette bonne et chrétienne population on n'y connaît ni le vol ni la procédure, puisque toutes les discussions sont terminées par les anciens et que les mœurs sont d'une admirable pureté.

Je fus heureux de parcourir durant plusieurs jours les villages et hameaux très-nombreux et populeux de cette fertile contrée.

— On n'y connaît pas la misère, me dit l'accolyte que le curé m'avait donné pour guide ; chacun travaille selon ses forces et son industrie, et ce que nous pouvons exporter au-dehors suffit pour nous procurer ce que notre contrée ne produit pas. L'agriculture, le soin des troupeaux, le tissage des laines et des plantes textiles suffisent au-delà de nos besoins. Toute famille atteinte par la maladie ou par un accident quelconque, est aussitôt secourue par ses voisins. Nous sommes frères en Jésus-Christ Notre-Seigneur.

Toutes les maisons que je visitais, et où je reçus toujours un accueil cordial, étaient propres, simples et offraient les traces de l'ordre le plus remarquable ; contrairement à ce que j'avais vu jusqu'ici dans l'Inde, les hommes et les femmes étaient plus décemment vêtus, mais le goût

oriental dominait. Dans un village, je pus assister à la
sortie des enfants d'une école ; elle se fit tranquillement,
sans cris, et chaque enfant prit le chemin de la demeure
de ses parents, sans avoir l'air de s'occuper de ce qui se
passait autour de lui. Le maître d'école, qui vint nous
saluer, était un vieillard à la figure placide, et plein de
santé.

Quand je rentrai à la demeure curiale, le prêtre m'attendait, et offrit à mes compagnons et à moi des gâteaux cuits
sous la cendre, d'autres presque semblables à ceux que
nous mangeons en Europe, et des corbeilles pleines de
fruits délicieux. On nous servit ensuite des vases remplis
d'une crème épaisse pour mêler au café qui fumait dans de
grandes soucoupes. Le sucre se présentait sur la table de
deux manières, en mélasse ou cassonnade, et en gros
tronçons de cannes à sucre.

— Nous ne nous interdisons pas l'usage des viandes,
nous dit le curé, mais nous épargnons autant que possible
les animaux qui vivent autour de nous par nos soins, et
nous ne servons sur nos tables que ceux des animaux qui
nuisent à nos cultures et détruisent ainsi les produits du
travail de l'homme. Sans adopter les usages de nos voisins, nous croyons que tout ce qui a été créé par Dieu doit
être respecté, et que l'homme n'a que le droit naturel de
défendre les produits de son travail et de ses sueurs.

La sagesse de ce vénérable prêtre me pénétrait, et si je
n'avais pas été entraîné par mon esprit aventureux, j'aurais fixé mes pénates auprès de lui.

Avant de prendre congé de lui, je lui demandai si dans
la contrée on avait conservé le souvenir du brahmane
Rham-Muhun-Roy.

— Parfaitement, me répondit-il ; il a laissé dans le pays
la réputation d'un sage, et tout le temps qu'il y a passé a
été à consulter nos livres et manuscrits, et les légendes
populaires. On pense qu'il est retourné dans son pays,
plus chrétien que brahmane.

Plusieurs jours après, nous arrivions à Ellitchpour, dont
les deux rivières vont se jeter dans le Tapty. C'est une
ville assez peuplée, et médiocrement forte. Son souverain,
le nizam, occupe un palais médiocre construit en briques.
Notre direction se tourna vers le sud-ouest, et après avoir
traversé les monts Sechacholl, nous passâmes à Daoule-
tabad, ville forte ayant une bonne citadelle sur une butte
granitique entièrement isolée des montagnes voisines;
enfin, nous arrivâmes dans une plaine au milieu de laquelle
est situé le village d'Ellaura. Environ à un mille de ce
village, se trouvent les temples indous creusés dans la
montagne.

En approchant de ces temples, dit un voyageur anglais
dont la description détaillée nous a paru d'une très-grande
exactitude, notre vue et notre imagination furent boule-
versées par la diversité d'objets intéressants qui se présen-
tèrent de toutes parts. L'admiration, l'étonnement et le
plaisir nous firent d'abord éprouver des impressions pénibles. Après un certain temps, lorsqu'elles furent calmées,
nous pûmes contempler avec attention les merveilles qui
nous entouraient.

Le voyageur anglais Séély eut raison de dire que le
silence de ce lieu, pareil à celui de la mort, la solitude des
plaines voisines, la beauté romantique du pays, et la montagne elle-même, creusée de tous les côtés, contribuent à
frapper l'esprit de sensations absolument nouvelles et bien

différentes de celles que l'on éprouve en examinant des édifices magnifiques au milieu du tumulte ordinaire des cités. Tout ici invite l'âme à la contemplation, et toutes les choses dont on est environné la reportent à une période éloignée, et à un peuple puissant qui avait atteint un haut degré de civilisation, tandis que nos ancêtres étaient encore des sauvages vivant dans les forêts.

Telles étaient les impressions du voyageur Séély, et telles furent les nôtres, car ni les monuments ni l'aspect de ces lieux n'avaient changé depuis tant d'années.

Nous avançâmes, et notre surprise fut égale à notre admiration en voyant dans une vaste cour ouverte **un** temple creusé dans le roc vif, avec toutes ses parties parfaitement belles, complètement détaché de la montagne voisine par un espace de deux cent cinquante pieds et une largeur de cent cinquante. La hauteur du temple est de cent pieds, sa longueur de cent quarante-cinq, et sa largeur de soixante-deux pieds. Portes, fenêtres, sont d'un travail exquis : même les escaliers qui conduisent aux étages supérieurs sont aussi d'un travail admirable. Ces étages contiennent cinq grands appartements dont la surface polie est régulièrement partagée par des rangées de colonnes. La masse totale de ce bloc immense d'excavations isolées a près de cinq cents pieds de circonférence; au-delà de l'emplacement qu'il couvre, règnent trois galeries parallèles à trois de ces côtés et soutenues par des compartiments creusés dans le roc perpendiculaire qui borne la cour, contiennent quarante-deux figures gigantesques de la mythologie indoue. Ces trois galeries occupent un espace de près de quatre cents pieds de longueur, taillé dans la montagne. Leur largeur est de treize pieds

deux pouces ; leur hauteur de quatorze pieds et demi ; au-
dessus, sont percées de belles et grandes salles ; c'est dans
la cour, et en face de ces galeries, que s'élève le Keylas,
nom du temple que nous venons de décrire. Je pense, avec
l'auteur anglais dont je viens de citer la description, qu'il
n'existe pas dans le monde connu un reste d'antiquités qui
le surpasse par la grandeur de la conception et le fini de
l'exécution.

Il est inutile de faire la description de douze autres temples taillés de même dans la montagne. A droite et à gauche, une ligne d'habitations et de temples s'étend sur une
longueur d'un mille et un quart dans la direction du nord
au sud. L'intérieur de tous ces temples est orné de sculptures qui représentent des sujets de la mythologie indoue.
Tous ne ressemblent pas exactement au Keylas, mais chacun offre quelque genre de beauté qui le distingue. Beaucoup de figures de divinités sont évidemment celles de
Boudha et de ses serviteurs célestes.

Nous citons toujours l'auteur anglais :

L'entrée désignée par le nom de Bisma-Karm fait face
au sud. Son aspect peut aisément faire croire aux hommes
d'une imagination vive qu'elle conduit au palais du roi des
gnômes. Cette façade, la plus belle de toutes celles des
temples d'Ellaura, est d'une noblesse frappante : son effet
est encore rehaussé par sa position retirée, et par les feuillages épais des arbres qui l'environnent.

L'extrémité méridionale des excavations d'Ellaura est
terminée par une des moins magnifiques pour la richesse
des ornements ; mais sa position et les rangs des superbes
colonnes qui la soutiennent de chaque côté la rendent

très-remarquable. On la nomme Dhor-ouarra; c'est un
temple de Boudha.

La salle principale a environ cent pieds de longueur et
quarante de largeur, non compris les renfoncements de
chaque côté; les piliers qui supportent la voûte sont plus
petits et plus élégants que ceux des autres caves; celles-ci
se distinguent encore par des plates-formes peu élevées
au-dessus du sol et traversant toute la longueur de l'excava-
tion. On suppose qu'elles ont été construites pour la
commodité des étudiants, des écrivains et des marchands.

Le trafic que font les Indous, toutes les fois qu'ils en
trouvent l'occasion, et leur habitude d'avoir une foire à
l'époque de leurs fêtes religieuses rendent ce te conjecture
très-probable. Cette cave est commode pour un tel objet :
la facilité d'y entrer et d'en sortir la rend l'asile ordinaire
des bestiaux. Leur fiente et la multitude de toutes sortes
d'insectes qu'ils attirent, ont sans doute fait penser au
vulgaire qu'elle n'est bonne qu'à loger des hommes dont la
profession est de ramasser le fumier.

Les ornements des temples d'Ellaura ont beaucoup
souffert de la main des musulmans; ceux-ci, excités par
leur fanatisme, ont brisé des statues et des bas-reliefs,
gratté des peintures qui décoraient les voûtes ; et si le gouvernement anglais, qui possède aujourd'hui ces cantons
autrefois au pouvoir des Maarates, ne vient pas à la répa-
ration de ces merveilleuses antiquités, la prodigieuse
croissance des arbres et des broussailles les enveloppera
bientôt dans leurs tissus inextricables.

Nous étions de retour au village d'Ellaura, quand deux
fâcheuses nouvelles apportées par des coureurs indiens
vinrent changer la direction de notre voyage.

Peu de jours après notre départ du domicile du pionnier écossais, une troupe considérable d'éléphants se jeta sur les habitations, broyant tout sous leur masse, et détruisant les habitants, sauf deux, qui purent s'échapper. Il ne fallait plus songer à nos chariots ni à nos chevaux, tout avait été soumis à une dévastation complète. Il ne restait plus que des ruines informes, nous dit un des Indous, échappé à cette destruction. La perte que j'éprouvais était considérable, mais elle m'affecta moins que mon ami le docteur, dont les belles collections étaient anéanties.

L'autre nouvelle touchait de plus près à mes intérêts de fortune; le banquier W..., chez lequel des fonds considérables m'appartenant étaient déposés, venait de tomber en faillite. Force me fut de me rendre aussi promptement que possible à Calcutta, pour veiller à mes intérêts pécuniaires.

CHAPITRE XII.

Mes affaires d'intérêts s'arrangent mieux que je ne l'espérais. — Parenté avec le gouverneur général lord Dalhousie. — Maladie. — J'habite son palais d'été. — Commission secrète. — Téhounar. — Courte description. — Départ pour Bénarès. — Aspect de cette ville. — Etonnement de l'auteur. — Superstitions. — Pagode. — Fakirs. — Taureaux sacrés. — Population de singes. — Inconcevables croyances. — Bénarès, ville sacrée. — Pèlerins venant mourir dans les eaux du Gange. — Réunion des riches brahmanes dans Bénarès, dont le séjour leur prépare une vie meilleure. — Départ.

La fortune qui semblait m'abandonner me sembla cependant favorable : le nouveau gouverneur de la compagnie des Indes, lord Dalhousie, se trouvait être mon proche parent du côté de ma mère. Dans la situation critique où je me trouvais, je surmontai ma répugnance à me présenter dans le grand monde, et je fus trop heureux de trouver dans le gouverneur un parent aussi affectueux que porté pour mes intérêts. Par son influence, je fus remboursé à peu près de la moitié de la somme énorme que j'avais déposée chez le banquier en faillite.

Peu habitué à traiter les affaires d'intérêts, et encore moins à vivre dans un monde où tout se passait en vaines cérémonies, je sentis mes forces et mon énergie s'affaisser sous le climat brûlant et humide de Batavia. Tombé malade, lord Dalhousie m'envoya dans son palais d'été dans les hautes terres, où ne pénétraient point les miasmes

délétères qui s'élevaient des bords de l'Hougly et des em-
bouchures du Gange, de ces terres où mes premières
chasses s'étaient passées et que l'on nomme les Sunderbunds. L'affection qui m'attachait au docteur, et qu'il me
rendait bien sincèrement, lui fit partager ce que l'on nommait dans le pays ma villégiature. Un seul de mes compagnons de chasse manqua à mon appel : c'était l'Américain,
qui ne put s'accoutumer à la vie molle et oisive que lui
imposait mon état de santé. Je lui achetai une lieutenance
dans les troupes indigènes, de celles qui servaient de gen-
darmerie à la Compagnie anglaise. Cette nouvelle position
parut le charmer, mais je vis qu'il ne se séparait pas de
nous sans émotion.

Nous voilà donc installés dans une résidence véritablement royale, entourés de jardins d'une magnificence
inconnue en Europe, où se trouvaient réunies les plus
belles plantes des cinq parties du monde ; air pur, points de
vue pittoresques et grandioses ; en un mot, je trouvai là
tout ce qui peut satisfaire les goûts, les jouissances de tout
autre homme qu'un homme d'un caractère aussi aventureux qu'était le mien.

Ma santé se rétablit rapidement : une visite que je reçus
de lord Dalhousie répondit parfaitement aux projets que
j'avais formés en attendant la santé. Il s'agissait de faire
une tournée d'inspection aux frais de la Compagnie des
Indes. Je devais avoir la suite qui paraîtrait convenable, et
voyager soit à dos d'éléphants, soit sur des chameaux. Je
devais aller d'abord à Makhanpour, où se tenait, en l'honneur d'un santon musulman, une foire célèbre. Cette
petite ville est à neuf lieues du Gange, sur une petite
rivière qui en est tributaire. Le chemin, le long du dernier

mille, était bordé de fakirs qui priaient et mendiaient. La
foule était considérable; nous établîmes à quelque
distance nos tentes sous des manguiers. La foire ne devait
commencer que le dix-sept de la lune; nous n'étions qu'au
quinze, et cependant la foule était considérable. Durant
le dîner, nous fûmes récréés par les danseurs sur la corde
lâche et sur la corde tendue, et par des tours de force et
d'adresse.

Je commence à croire que toutes nos folies, ainsi que
nos connaissances, nous viennent de l'Inde. Montés sur nos
éléphants et suivis d'un guide, un fakir du docteur et du
Malgache, nous allâmes au rozéh ou tombeau du santon.
A la porte de la cour extérieure, nombre de religieux nous
reçurent, puis, après avoir traversé trois autres cours,
nous arrivâmes au tombeau. Il y avait dans chaque cour
une multitude de fakirs, hurlant, dansant, priant et faisant
les contorsions les plus extravagantes. Des tambours, le
son aigre des trompettes et celui des grands bassins de
cuivre battus avec des baguettes creuses, ajoutaient au
bruit discordant de ces fanatiques. Sans l'aide des fakirs,
qui comptaient sur un riche présent de notre part, il nous
eût été impossible de traverser la foule. Les plus fanatiques demandaient que nous ôtassions nos souliers. Les
fakirs s'y opposèrent, et les hommes de notre suite qui
étaient du pays se conformèrent seuls à cet usage. Au
centre d'un bâtiment carré, se trouve le tombeau du santon;
à chaque face, il y a une fenêtre dont une partie s'ouvre de
temps en temps. La forme de ce tombeau est de dimension ordinaire, et il est recouvert d'un drap d'or. Au-dessus
s'élève un dais de brocart parsemé avec profusion d'essence
de roses.

Nous nous rendîmes ensuite à la mosquée, au-devant de laquelle sont une fontaine et deux chaudières prodigieuses, où se fait un miracle perpétuel. Si on y jette du riz qui ne soit pas consacré, elles restent vides.

Mon ami le docteur rit beaucoup de cette jonglerie, et, dégoûté du spectacle, j'ordonnai à mon guide le fakir de nous reconduire à nos tentes. Nous traversions la foire, je remarquai un homme qui montrait des serpents et un ichneumon : en moins de trois minutes, celui-ci tua trois de ces reptiles, quoiqu'ils l'eussent entouré et serré de leurs replis. Notre nuit fut tranquille, malgré nos craintes de tentatives pour nous voler, car ces foires sont des rendez-vous pour tous les coquins de l'Inde.

En descendant le fleuve, nous arrivâmes à Cânpoor, poste principal des troupes britanniques de ce côté. Le Gange, dans la saison pluvieuse, y a plus d'un tiers de lieue de large; dans la saison sèche, au contraire, il est très-bas et partagé en plusieurs bras par de grands bancs de sable. Du côté du Gange, Cânpoor a une belle apparence : des temples indous s'offrent aux regards au milieu des arbres. Deux de ces temples ont des dômes en forme de mitres, suivant l'ancien usage adopté par les sectateurs de Brahma. Les cantonnements anglais s'étendent irrégulièrement sur une longue ligne, composée de maisons, de jardins et de bosquets. Plusieurs sont sur le bord du fleuve même. Nous passâmes ensuite devant Souradjipoor, ville agréablement située, ainsi que les villages environnants, sur un rivage élevé : ils sont entourés de bosquets de manguiers, entre lesquels on aperçoit de petites pagodes. Pour faciliter les ablutions, des escaliers sont pratiqués sur les bords du fleuve. Nous étions alors dans la saison

des pluies; le Gange couvrait de ses eaux un espace large
de huit à dix milles : spectacle superbe et même agréable,
quoique rien n'en décorât le fond. Plus loin, le mélange
des tamariniers, des manguiers et des djungles rendait les
rives du fleuve extrêmement pittoresques. A un mille du
Gange, nous aperçûmes Séradpoor, qui se distinguait de
loin par de beaux édifices en briques. Le grand nombre
de gens qui se baignent dans le fleuve nous fit penser que
la population de cette ville était considérable. Plus loin,
Allahabad nous offrit des édifices en briques, mais sans
ornements, aspect peu imposant; les ingénieurs anglais
l'ont privée d'une partie de ses ornements pour la mettre
en état de soutenir un siége en règle. Chez les Indous,
Allahabad (demeure de Dieu) est nommé Rhat-prayaga ou
simplement Prayaga par distinction, comme le plus considérable et le plus saint de tous; en effet, dans le Grewal,
beaucoup de lieux portent ce nom. Celui d'Allahabad doit
sa célébrité au confluent de la Djemma et du Gange; les
Indous y ajoutent le Serasvaty; cependant il n'y a dans le
voisinage aucune rivière visible; mais ils assurent que
celle-ci se joint aux deux autres par un cours souterrain,
et que, par conséquent, en se baignant ici, on acquiert
autant de mérite religieux qu'en pratiquant la même opé-
ration dans les trois rivières séparément. Quand un pèlerin
arrive ici, il s'assied sur le bord du fleuve, et se fait raser
la tête et le corps, afin que chaque poil puisse tomber dans
l'eau, les livres sacrés promettant pour chacun un million
d'années de séjour dans le paradis; ensuite il se baigne, et
le jour ou le lendemain, il remplit les cérémonies funèbres
pour ses ancêtres défunts. L'impôt que perçoit le gouvernement pour la permission de plonger dans l'eau n'est que

de trois roupies (sept francs cinquante centimes). La dépense résultant des dons et charités faits aux brahmanes assis sur les bords du fleuve est bien plus grosse. Beaucoup d'Indous renoncent à la vie à ce saint prayaga (pèlerinage). Le fidèle s'embarque dans un bateau, et après avoir rempli les rites prescrits au point précis où les trois rivières se réunissent ensemble, il s'enfonce dans l'eau, ayant trois pots attachés à son corps. Quelquefois aussi des dévots perdent la vie par suite de la précipitation avec laquelle chacun se dépêche, pour que l'immersion se fasse au lieu sanctifié, à l'époque précise de la lune, parce que c'est alors que l'expiation est le plus efficace. Le nombre des pèlerins est au moins de deux cent vingt mille par an. (VOYAGES DE LORD VALENTIN.)

Après avoir rempli ma mission auprès des chefs des postes anglais, je me rendis à Mirzapoor, ville d'environ deux cent cinquante mille âmes, où se tient le marché le plus considérable pour le coton qu'il y ait dans le Gange. Elle est remarquable par la quantité de bateaux amenés à ses quais, par ses mosquées et ses pagodes, par de belles maisons indoues et de jolis bungalows européens.

J'avais des missives à remettre au poste britannique de Téhounar. Je m'y arrêtai pour visiter le fort. Il est bâti sur un rocher qui fait saillie dans le Gange et est réellement formidable. Il commande entièrement la navigation du fleuve, et tout passager est obligé d'écrire son nom et le nombre de ses bateaux, s'il en a plusieurs, sur un registre apporté par un agent anglais. L'intérieur du fort est remarquable par des bâtiments indous; à côté de cet édifice, un autre bâtiment fut la résidence d'un gouverneur musulman. Vis-à-vis du palais indou, on voit dans le pavé

de la cour quatre petits trous ronds, assez larges pour
qu'un homme puisse y passer; au-dessous est l'ancienne
prison, cachot horrible de quarante pieds carrés, où il
n'y a d'autre accès pour la lumière, le jour et les hommes,
que par ces quatre trous. Les Anglais en ont fait une
cave. Le commandant anglais, désireux de m'être agréable, se fit donner une clef, et ouvrant une porte rouillée
dans un mur très-raboteux et très-ancien, il me dit qu'il
allait me montrer le lieu le plus saint de tout l'Indoustan.
Nous entrâmes dans une petite cour carrée, ombragée par
un très-vieux pipal, à l'une des branches duquel pendait
une petite clochette d'argent. Au-dessous, il y avait une
grande dalle de marbre noir; en face, sur la paroi des
rochers, une rose grossièrement sculptée, et renfermée
dans un triangle. Quoique l'on ne vît pas une seule idole,
les cipayes qui nous avaient suivis tombèrent à genoux,
baisèrent la poussière dans le voisinage de la dalle, et s'en
frottèrent le front. Voici ce que nous rapporta un colonel
anglais :

« Tous les Indous croient que Dieu est en personne,
quoique invisible, assis durant neuf heures du jour, et
qu'il passe les trois autres à Bénarès. C'est pourquoi les
cipayes ne craignent pas que Tchounar soit pris par l'ennemi, excepté entre neuf et dix heures du matin; par la
même raison et afin d'être, par ce saint voisinage, à l'abri
de tous les dangers de la sorcellerie, les rois de Bénarès,
avant la conquête musulmane, faisaient célébrer tous les
mariages de leurs familles dans le palais voisin de cette
petite cour. Je fus frappé de l'absence totale des idoles, et
du sentiment de convenance, qui fait rejeter même à un
Indou les symboles extérieurs dans le lieu où il suppose

que la divinité est actuellement présente, et je priai
intérieurement Dieu de répandre parmi ce pauvre peuple
la véritable lumière en dissipant les ténèbres qui le cou-
vrent. »

Mon ami le docteur prenait des notes, et me parut avoir
entièrement oublié le soin de faire des collections. Son
entretien était plus grave.

— Savez-vous, me dit-il, que nous nous trouvons ici
au milieu des croyances peut-être les plus antiques du
monde ?

Ma mission me conduisait à Bénarès, et le bateau que
nous montions nous permit d'examiner ses rives, et dans
le lointain les apparences de la ville. D'abord l'œil découvre
les minarets élancés de la grande mosquée, dominant les
masses de constructions disposées dans un ensemble pittoresque, le long de la rive droite du Gange, sur une longueur de plus de trois lieues. Il me fut impossible de
rester insensible à la vue de ces temples, de ces tours, de
ces longues arcades soutenues par des colonnes, de ces
quais élevés, de ces terrasses bordées de balustrades qui
se dessinent en reliefs et se marient au feuillage d'un vert
foncé et magnifique des pipals, des tamariniers et des manguiers, et qui, couverts par intervalles de brillantes guirlandes de fleurs, se montrent entre les édifices chargés
de sculptures, s'élevant majestueusement au-dessus des
jardins.

Les gotns ou gâths, ou lieux d'abordage auxquels com-
muniquent des escaliers qui descendent jusqu'aux bords
du fleuve, sont les seuls quais de Bénarès, et quoique à
une élévation de plus de trente pieds au-dessus du Gange,
toute l'étendue fourmille depuis le lever jusqu'après long-

temps le coucher du soleil, d'hommes livrés à divers
travaux : les uns embarquent ou débarquent les cargaisons
des nombreux navires attirés par le commerce qui se fait
à ce grand entrepôt de l'Inde ; d'autres tirent de l'eau,
d'autres pratiquent leurs ablutions ou récitent leurs prières,
car, malgré le grand nombre des temples, les Indous se
conforment en plein air aux rites de leur religion. (MÉMO-
RIAL D'HÉBERT.)

Bénarès, du lieu élevé où je pouvais l'embrasser de la
vue, me parut aussi bizarre que sombre. Amas compact
de douze mille maisons à trois étages et en briques ; de
seize mille bouges de huttes et de clayonnage, de petits
temples coniques, le tout peuplé de brahmanes, de fakirs,
de taureaux sacrés et de singes. Là, des éléphants se baignent dans les étangs, des multitudes de pèlerins dans le
Gange ; les perroquets y volent, y piaillent comme dans
nos bois, et d'innombrables singes y courent sur les toits.
Auprès d'un bassin sacré, bordé d'escaliers en granit et
ombragé de magnifiques figuiers de Banian, j'aperçus un
petit temple surchargé de sculptures, et peint en rouge
foncé. De ce temple, dédié à Hanouma, je vis sortir un
sale et vieux brahmane et un petit garçon, qui tous deux
se mirent à hurler comme des chacals. A cet appel répondit
une masse de cris identiques, et les terrasses du temple, les
jours de son minaret, les voûtes des arbres, les arcades
des galeries qui bordent le réservoir sacré, semblèrent
vomir des milliers de singes de toutes les couleurs. Ils
accoururent, se poussant, se culbutant, et beaucoup portant leurs progénitures ou sur leurs bras ou sur leurs dos.
En un clin d'œil, ils bloquèrent hermétiquement, et comme
par magie, la rue où j'étais ; le brahmane leur jeta je

ne sais quelle sorte de graine que je payai, et cette lar-
gesse suscita un combat si violent entre ces horribles bêtes,
que je crus devoir m'éloigner. (*Inde contemporaine*, DE
LANNOYE.)

Je me trouvai comme si j'eusse été le jouet d'un songe
horrible : des éléphants bousculant tout sur leur passage,
des bœufs sacrés errant à travers ces petites ruelles comme
dans des pâturages, de petits temples comme des jeux
d'échecs, des brahmanes en jupons blancs, et des fakirs
uniquement vêtus d'un sale badigeon ; de petits taureaux
blancs, bossus, aux cornes dorées, et portant des guirlandes et des couronnes ; des femmes demi-nues chargées
d'anneaux aux bras, aux pieds, aux narines, et asper-
geant d'eau et de beurre fondu de petites idoles dégoûtantes
ou des fétiches plus dégoûtants encore ; des cavaliers, l'arc
et des flèches sur le dos, passent sur des chevaux teints de
henné ou d'indigo dans les sombres couloirs que laissent
entr'eux les hauts murs des édifices, qui semblent tout
prêts à s'écrouler. Tout cela mêlé, resserré, présentant une
masse indigeste, au milieu de laquelle se lève de loin en
loin, comme une montagne mouvante, un dos d'éléphant
bizarrement caparaçonné qui perce lentement et avec fracas
cette multitude d'êtres et de choses, emportant parfois
dans sa marche le balcon d'une maison ou l'auvent en
feuilles de cocotier d'une boutique. (*Inde contemporaine*,
DE LANNOYE.)

J'étais tellement abasourdi, que lorsque j'arrivai à la
maison du résident anglais, il me sembla que je sortais
d'un affreux cauchemar, et que tout tourbillonnait autour
de moi.

Il faudrait un volume pour décrire la ville de Bénarès,

la plus sainte de l'Inde, raconter ses superstitions, peindre ses brahmanes, ses fakirs, ses santons de toutes couleurs, cette multitude de mendiants qui vous assiègent à chaque pas, ces animaux errants qui vous dévalisent, ces cris, ces hurlements, ce bruit formidable qui s'élève de tous les points d'une cité de six cent mille âmes; oui, il faudrait plus d'un volume pour suffire à l'œuvre, et encore serait-elle imparfaite. Là, se réunissent les pèlerins des points les plus éloignés de l'Inde; les uns y viennent pour leur commerce, le plus grand nombre pour l'accomplissement de leurs cérémonies religieuses, c'est-à-dire les ablutions dans les eaux sacrées du Gange, et dans certains puits ou réservoirs mis sous la protection des brahmanes. Mais ce qu'il y a de plus horrible, c'est qu'une grande quantité d'Indous font des trajets longs et pénibles pour venir se noyer dans le Gange. Voici comment ils accomplissent ce suicide : ils s'attachent autour du corps deux pots vides ; soutenus par eux, ils s'avancent jusqu'au courant le plus rapide. Là, ils remplissent eux-mêmes leurs pots, ils se laissent couler à fond, persuadés qu'ils sont qu'ils montent en paradis.

Mon caractère, mes habitudes de vivre, et l'horreur que m'inspiraient ces monstrueuses superstitions, me dégoûtèrent horriblement de cette ville sainte, que les Indous nomment le lotus du monde, non fondée sur la terre, mais sur la pointe du trident de Siva, lieu tellement béni, que quiconque y meurt, à quelque secte qu'il appartienne, quand même il serait un mangeur de bœuf, pourvu qu'il soit charitable envers les pauvres brahmanes, est sûr de son salut.

Mon ami le docteur ne restait pas oisif : plus **amoureux**

9

que moi de ce spectacle bizarre, étrange et dégoûtant, il
errait du soir au matin, porté dans un palanquin que le
résident avait mis à sa disposition, dans les rues et dans
les quartiers de Bénarès, et le soir lorsqu'il revenait auprès
de nous, il s'écriait :

— Toutes les sottises, toutes les superstitions, tout ce
que l'imagination peut inventer de plus monstrueux, ne
peut égaler ce que j'ai vu aujourd'hui.

Notre départ fut résolu, et je pris congé du résident
anglais, qui me parut ignorer la commission qui m'avait
été donnée par le gouverneur général.

CHAPITRE XIII.

Départ pour Cânpoor. — Populations en armes. — Dangers imaginaires.
— Arrivée à Luknow. — Courts détails. — Dégradation de la contrée
— Dégoût. — Réflexion du docteur. — Idée exacte de l'Inde moderne.
— Projets de retour au pays natal. — Entrevue avec lord Dalhousie
— Souvenirs de l'Américain. — Mariage d'un caillou.

Je devais me rendre à Cânpoor. Ce que l'on disait de la
contrée, par suite de la négligence du gouvernement
anglais, pouvait nous faire craindre d'être attaqués en
route. Cela ne m'arrêta pas, et nous partîmes avec une
faible augmentation d'escorte. Sur les bords du fleuve, les
terres étaient incultes ; les gens que nous rencontrions se

trouvaient armés jusqu'aux dents : cependant, nous
n'eûmes point à nous en plaindre, et quoique ce que je
puis appeler notre avant-garde fût beaucoup en avant de
nous, et que l'arrière-garde nous suivît de loin, notre
marche ne fut point inquiétée. Les routes étaient mauvaises;
c'étaient des voies tracées à travers les terres labourées :
l'activité industrieuse des habitants nous surprit. Nous
étions au milieu d'une population brahmanique; nous
voyions des pagodes, et presque pas de mosquées. Les
gens que nous rencontrions sur la route portaient au front
la marque de leurs castes. Le bruit des tambours et des
instruments de musique retentissait dans les hameaux que
nous traversions : c'est que c'était un jour de fête.

Mon arrivée avait été annoncée par le résident de
Bénarès, aussi le roi d'Aoude envoya à notre rencontre un
cortége considérable d'éléphants et de chevaux. Les éléphants étaient magnifiquement équipés, et pourvus d'haou-
das (siéges) en argent. Un corps de fantassins armés de
sabres, de boucliers, de longs fusils à mèche et d'autres
armes à feu de toutes les dimensions, de lances semblables
à des broches, quelques-unes revétues d'argent, de grands
drapeaux verts, triangulaires, formaient un ensemble irré-
gulier, pittoresque, et différant totalement d'un corps de
troupes européennes.

Tandis que nous changions d'éléphants, un homme de
très-bonne mine monta vers moi, et me pria de lui donner
mon nom et mes titres dans le plus grand détail, afin,
dit-il, de pouvoir les faire connaître à l'asile du monde
(son maître, pensionnaire de la Compagnie anglaise).
Suivant ce que j'appris, c'était lui qui écrivait les lettres

circulaires de la cour, emploi bien plus difficile et regardé
comme plus important ici qu'en Europe.

Tout ce qui arrive dans la famille du roi, chez le résident, ou chez tout étranger venu à Luknow, est soigneusement noté et écrit, et circule dans la ville.

On me dit qu'un narré détaillé contenant l'heure précise
à laquelle je me levais, les espèces de mets que je mangeais
à mon déjeuner, les visites que je recevrais ou rendrais,
et la manière dont je passais mes matinées, serait présenté
par les tchobars (coureurs) du roi à ce prince, dont les
actions les plus indifférentes sont également notées sans
aucune réserve, pour être soumises à l'inspection du résident anglais.

Ces révélations me remplirent d'une indignation que le
docteur partagea avec moi.

— Quel pays, mon Dieu! me dit-il; l'espionnage partout; l'homme ne peut faire un pas sans qu'il ne soit
noté, et c'est l'Angleterre qui a établi cet abominable
système!

— Tenez, milord, ajouta-t-il, retournons à nos chasses,
il vaut cent fois mieux vivre au milieu des agitations, des
dangers des bois, qu'au milieu de ces populations asservies et gouvernées par des agents de police.

— Ami, lui dis-je, je pense comme vous; rien n'est
plus propre à ravaler l'espèce humaine dans l'esprit d'un
homme libre que ce que nous avons vu, et ce que nous
voyons. Ma mission me pèse, je veux voir en détail cette
Inde riche de tant d'illustres souvenirs, et aujourd'hui
tombée si bas. Vous avez vu comme moi ces nombreuses
populations; elles s'agitent, elles travaillent, elles se
livrent à tous les genres d'industrie et de commerce; leur

sol est pourtant le plus riche et le plus productif du monde, et elles sont misérables; la plupart sont associées à des bandes de brigands, sur les voies publiques elles ont des corporations admirablement organisées pour détrousser et assassiner les gens riches. Le gouvernement anglais ne peut les atteindre; il n'y a pas un Indou qui puisse se déterminer à témoigner contre un Thug, un Bils ou un Dacoïte : c'est que la gangrène a pénétré la société entière de l'Inde; c'est que les brahmanes eux-mêmes se trouvent associés à ces assassins; c'est que l'Inde est pourrie, et que si elle ne l'était pas à ce point, si un homme énergique se levait, le poignet de l'Européen qui l'opprime aurait bientôt disparu de son sol.

Telles étaient nos réflexions, et certes elles nous portaient à regretter notre vie libre à travers les djungles.

— Milord, me dit mon ami le docteur, si j'ai bien compris la mission dont vous vous êtes chargé, on veut vous associer à un système de corruption et d'abaissement des grands de l'Inde. Votre fortune, quoique amoindrie, le fût-elle encore plus, ne vous permet pas de vous joindre à une politique aussi contraire à la droiture de votre caractère qu'à l'intérêt de l'espèce humaine. Que vous demande-t-on ? de prendre part à des négociations ténébreuses et indignes d'un honnête homme. Déclarez que vous ne voulez plus y prendre part, et que votre intention est de rentrer dans la vie isolée, c'est-à-dire honnête et exempte de tous ces calculs qui blessent votre conscience.

Qu'allez-vous faire à Luknow ? nouer cette intrigue que nos compatriotes les Anglais ont jetée comme un réseau sur l'Inde. Le royaume d'Aoude n'est-il pas assez serré dans les griffes anglaises, pour que nous allions entrer

dans ces machinations que notre conscience réprouve ?
Retournons à Calcutta ; réglez vos affaires et rentrons dans
notre vieille Ecosse, où, si nous y trouvons encore des
crimes, nous n'y verrons pas de ces abominations que
l'histoire flétrira.

Votre fortune est encore considérable ; la mienne, celle
des Philimore, suffira et au-delà à mes besoins. Nous
avons vu l'Inde, réceptacle de toutes les superstitions, de
tous les crimes, et de toutes les abjections humaines.
Retournons dans nos montagnes, au milieu de nos
bruyères, nous nous rappellerons que nous avons vu les
plus belles contrées du monde livrées aux hideuses superstitions, à l'abrutissement complet de la raison humaine, et
sous le joug de gens pour qui l'homme n'est autre chose
au'une bête de production.

Ces réflexions de mon ami le docteur me paraissaient si
justes et si conformes à l'honnêteté de mon caractère, que
je m'y conformai sur-le-champ.

Je laissai au résident de Bénarès les pouvoirs qui
m'avaient été confiés par le gouverneur général de Calcutta,
et je louai un éléphant pour me transporter à Luknow, où
je voulais arriver comme simple voyageur. Toujours le
même spectacle sous les yeux : des pèlerins fanatiques,
des associés d'assassins et de voleurs, au milieu d'une
population laborieuse et incapable de s'élever à quoi que
ce soit d'intelligence et de bien-être.

L'Inde me dégoûtait ; les dangers des chasses aux tigres
avaient éveillé en moi les instincts du chasseur ; la bassesse
et la dégradation des populations, m'avaient totalement
éloigné de l'Inde. Je voulais reprendre, avant d'arriver à
Calcutta, un peu la vie de chasseur. Une occasion me fut

offerte : ce fut une chasse aux éléphants ; mais là, point de
dangers, point de courage à développer ; ce sont les éléphants qui chassent les éléphants ; les hommes assistent à la
chasse, et voilà tout leur rôle ; pas le moindre danger.

L'Inde est séparée des possessions russes par l'Afghanistan et
des territoires occupés par des populations nomades et guer-
rières. Que l'Afghanistan soit soumis aux Russes, et l'Inde
est perdue pour les Anglais : je dis perdue, parce que ceux-
ci n'ont pas su s'assimiler les populations, et qu'ils les
gouvernent par la force et par le dédain. Le brahmanisme
a fait son temps, et sans le comprendre, les Anglais ont
sapé les fondements de leur domination. Les castes inférieures se sont emparées de toutes les industries ; les half-
casts, intermédiaires entre les brahmanes et les dernières
classes, commencent à compter dans la population ; enfin,
les cipayes, instruits dans le système militaire eur péen,
feront ce qu'ils ont déjà fait : une diversion puissante en
faveur des envahissements qui leur offriront même une
apparence de liberté et de nationalité.

L'Inde a été plusieurs fois envahie par des populations
descendues d'au-delà les monts Himalayas ; le Thibet ren-
ferme une population dévouée au culte de Boudha, et par
conséquent ennemie du brahmanisme ; les musulmans,
avec leur féroce intolérance, ont encore conservé une certaine puissance dans l'Inde ; mais vienne un peuple
aguerri, possédant toutes les connaissances stratégiques
modernes et protégeant tous les cultes de la contrée,
sans avoir d'exclusion, et l'Inde certainement échappe aux
Anglais.

Cette conquête pouvait appartenir à la France, si la
cour de Louis XV eût été gouvernée par un Richelieu, un
Colbert, et si Dupleix n'eût pas été disgracié.

Ma mission me portait à Luknow, ainsi que je l'ai dit
plus haut ; montés sur nos deux éléphants, nous traver-
sâmes une foule immense entre de chétives maisons en
terre, bordant les ruelles les plus sales que j'eusse jamais
vues, et si étroites que souvent nous étions obligés de
réduire notre front à un seul éléphant. Des nuées de mendiants nous assiégèrent, et nous fûmes surpris de voir que
le reste de la population était armé aussi complètement
que celle de la campagne que nous venions de parcourir.
Des personnages graves qui avaient l'air d'être assis dans
leurs palanquins, et récitant leur chapelet, étaient accompagnés de deux ou trois laquais avec des sabres ou des
boucliers. Des hommes plus importants, montés sur leurs
éléphants, avaient une escorte armée ; enfin, jusqu'aux
gens de la classe inférieure qui bâillaient dans les rues et
aux portes des boutiques, avaient leurs boucliers sur leurs
épaules, et leur sabre dans le fourreau, à la main. A mesure
que nous avancions, les maisons avaient meilleure apparence, mais les rues étaient toujours étroites et sales. Nous
vîmes de jolies mosquées, les bazars paraissaient être bien
garnis, autant que nous pûmes en juger de la hauteur où
nous étions sur le dos de nos éléphants. On nous avait
prévenus que les étrangers pouvaient courir des risques
dans les quartiers les plus peuplés de cette ville ; loin de
là, même dans les rues les plus étroites qui offraient un
véritable labyrinthe, tous les hommes auxquels nous
demandâmes notre chemin se montrèrent très-polis. Cependant les habitants de Luknow et des environs ont dans tout
l'Indoustan la réputation d'êtres féroces et enclins au vol. Le
résident nous avait envoyé une bourse de menue monnaie,
pour la distribuer à cette multitude sans fin de mendiants.

J'eus l'occasion de remarquer qu'à Luknow, comme dans tout le reste de l'Inde, les femmes sont traitées avec mépris et cruauté. Les hommes arrachaient de leurs mains l'aumône que nous leur donnions. Les hommes de notre escorte parlaient assez poliment aux hommes, et repoussaient à coups de poing et à coups de pied, sans avertissement préalable et sans pitié, les malheureuses femmes qui croisaient leur route. Cependant ils se montraient pleins d'égards et de douceur pour les jeunes enfants. Quelle énigme que l'homme! et quelle différence il offre dans les divers pays!

Il faut attribuer à l'argent que l'on jette au peuple, lors des grandes réceptions et de la présentation des personnages importants, ces masses incalculables de mendiants, avides, insolents les uns envers les autres, et offrant des scènes de brutalité inouïes envers les femmes.

Le royaume d'Aoude est bien peuplé et bien cultivé au nord de Luknow. Le peuple ne s'y montre pas armé de toutes pièces, comme dans le sud. La population de cette capitale, est, dit-on, de trois cent mille âmes; vu son étendue, la chose est probable. On passe le Gournti sur deux points; l'un est d'une belle construction et a onze arches; l'autre est un pont de bateaux qui joint le parc au palais du roi. L'architecture est peu remarquable, mais son étendue et ses décorations méritent de fixer l'attention.

A vingt-sept lieues à l'est de Luknow, sur la rive droite du Goggra, se trouve Feyzabad, ancienne capitale du royaume d'Aoude. Elle est très-grande et peuplée surtout de gens de la classe inférieure, tout le reste ayant suivi la cour à Luknow. On y remarque les restes de plusieurs beaux bâtiments en brique. Presqu'en sortant de Feyzabad,

on trouve les ruines d'Aoude, qui jadis fut une des cités
les plus considérables et les plus riches de l'Indoustan. Les
pèlerins visitent en grand nombre Aoude, qui était l'antique capitale de Rama ; ce n'est plus qu'un amas informe
de décombres ; elle était à une petite distance de la rivière ;
la nouvelle ville qui s'étend le long de ses bords est assez
peuplée.

Les Anglais donnent le titre de roi au prince qui occupe
le trône d'Aoude, et le qualifient de majesté ; cependant
ses sujets l'appellent simplement le nabab-vizir, comme
du temps où il remplissait encore cet emploi à la cour du
grand Mogol. La population de ses Etats est de trois mil-
lions d'âmes. Les Anglais lui laissent l'administration de
ses possessions, et la libre disposition de ses revenus et de
son armée. Il est sous-entendu qu'il ne fait rien qui puisse
déplaire au résident britannique ; celui-ci a près de sa personne un corps de troupes de la Compagnie.

La cour de Luknow est la plus polie et la plus brillante
de l'Inde. Le roi qui règne est instruit et a publié différents ouvrages en persan. (MÉMORIAL D'HÉBERT.)

Nous étions encore à Luknow, quand nous reçûmes
l'invitation de nous rendre à une grande chasse d'éléphants.
C'eût été déranger notre itinéraire, et malgré mes instincts
de chasseur, je me trouvai plus qu'irrésolu.

Le docteur entra à cet instant, je lui communiquai mes
hésitations, et voici ce qu'il me répondit :

— Qu'irions-nous faire à cette chasse? On emploie des
éléphants domestiques pour chasser les éléphants sauvages
et libres : il n'y a pas de dangers ; l'homme est parfaitement à l'abri, et l'être le plus grand, et probablement le
plus intelligent des êtres au-dessous de l'homme, tombe

dans les embûches que lui préparent ses pareils. Milord, l'homme dégrade tout ce qu'il touche, et nous ne devons pas, nous ne pouvons pas nous associer à de pareilles chasses sans danger. Laissons ces principicules indiens étaler les débris de leurs grandeurs passées, et oublier ce qu'ils furent dans de vaines ostentations. Qu'avons-nous vu dans l'Inde? Les splendides débris d'un passé qui n'est plus, débris qui proclament l'avilissement de la race actuelle. Qu'ont-ils fait contre leurs véritables ennemis, les carnassiers et les reptiles? Rien, ou presque rien.

Les tigres les attaquent partout; ils sont les souverains des djungles; et les Indous et les Anglais, armés d'une manière si terrible, n'ont pas pu encore mettre les populations à l'abri de leurs attaques répétées. Que voulez-vous que soit l'avenir d'une population livrée aux croyances les plus absurdes, et soumise à des maîtres qui font ce que le vendangeur fait dans le pressoir, qui en extraient tout le jus? Laissons cette terre dont les ruines proclament la décadence de ses habitants; laissons-la livrée à ce qu'il y a de plus stupide et de plus monstrueux dans l'imagination humaine. Qu'avons-nous fait dans nos chasses? nous avons détruit quelques carnassiers; leur race ne reviendra-t-elle pas, puisqu'elle trouve une proie facile dans ces contrées? et le despotisme ne pèsera-t-il pas toujours sur ces populations aviles? J'en reviens toujours à mon dire: Qu'avons-nous vu dans l'Inde? l'insolent orgueil de la domination, et l'abrutissement des habitants. Est-ce un peuple que celui qui compte autant de croyances que de pagodes? Est-ce un peuple que celui qui a dans son sein trois corporations de brigandages? Vous voyagez, vous croyant en sûreté par vos armes et par votre escorte; les

Thugs vous suivent pas à pas ; ils sont vos humbles serviteurs, ils se plient à tous vos désirs ; et lorsque le moment opportun se présente, ils vous étranglent. Vous voyagez, comptant sur votre escorte et sur votre courage : une bande de Bils tombe sur vous à l'improviste, et vous êtes heureux s'ils ne font que vous dépouiller. Vous avez dressé vos tentes, pris vos précautions contre les événements de la nuit, et les Dacoïtes vous environnent de flammes et vous assassinent. Vous survivez à toutes ces embûches ; vous allez demander justice aux juges anglais, vous désignez les coupables ; et cent témoins viendront certifier un alibi. Milord, cette terre convient à des hommes marchant avec une force supérieure, mais non à des hommes comme nous.

Ces réflexions du docteur me paraissaient d'autant plus justes que je les avais faites plusieurs fois, et le dégoût de l'Inde s'empara de nouveau de moi.

— Ami, lui dis-je, nous sommes venus chercher des émotions bien loin du sol de la patrie, et je vois que nous n'avons trouvé que des déceptions ; retournons au milieu des bruyères et des montagnes de notre chère Ecosse, et vivons-y comme doivent vivre des hommes libres.

Notre départ fut fixé dans le plus bref délai, et nous ne nous serions pas arrêtés en retournant à Calcutta, si nous n'avions rencontré en route une foule tellement considérable, que nous crûmes être arrivés dans un des lieux de pèlerinages les plus célèbres de l'Inde. Mais quelle fut notre déception quand nous apprîmes que ce n'était ni autour du tombeau d'un santon, ni près d'une source trois fois sacrée, ni enfin pour une de ces cérémonies brahmaniques, qui remuent si fortement les populations indoues ; c'était, aucun lecteur ne pourrait le croire si nous ne l'affirmions pour l'avoir vu, c'était pour le mariage d'un caillou.

Mon ami le docteur, qui était toujours en quête de nouveautés, accompagné du Malgache et de quatre serviteurs indous, s'était faufilé au milieu de cette foule immense, et avait tout observé, autant que la chose était possible dans ce concours de peuples. Quand il rentra, il se jeta sur un siége, et se mit à rire aux éclats.

— Oui, milord, me dit-il, je viens de voir ce qu'aucune sottise humaine ne saurait inventer ; c'est absurde, c'est burlesque, et cependant près de deux cent mille âmes se sont réunies pour assister au mariage d'un caillou.

Le bon docteur se tordait à force de rire, et me dit enfin :

— Il faut que je consigne ce fait dans une note que nous joindrons à notre journal de voyage.

Sa gaîté ne m'avait pas gagné : homme, je ne pouvais voir sans une profonde affliction mes semblables descendu à ce degré d'abrutissement !

— Faites, mon ami, lui dis-je, votre note telle que vous l'entendrez, joignez-la à notre journal, mais ne m'en parlez plus, j'ai honte de l'espèce humaine.

Quelques jours après nous arrivions à Calcutta, où le lord gouverneur me reçut avec affection.

— Ainsi, me dit-il, vous renoncez à l'avenir que je vous avais préparé dans l'Inde, et vous voulez retourner dans la froide contrée de l'Ecosse. Savez-vous, mon ami, ajouta-t-il, qu'il y a plusieurs espèces de spleen, et que je crois bien que l'une d'elles vous atteint ? Mais, n'en parlons plus, votre parti est décidément pris, et songeons à vos intérêts pécuniaires. Grâce à des appuis inespérés, le banquier dépositaire de vos fonds est revenu sur l'eau, et vient d'obtenir un emploi qui lui permettra de reprendre son ancienne position. Un de mes subordonnés, homme actif, intelligent, a été chargé par moi de vos intérêts, et j'espère, si nos compatriotes viennent s'enrichir dans l'Inde, que vous n'en partirez pas dépouillé de votre fortune.

Je déclinai l'honneur d'assister à un festin qu'il donnait aux officiers supérieurs anglais : je l'ai déjà dit, mon naturel un peu sauvage m'éloigne de toutes ces réunions d'ostentation.

Je profitai de la bienveillance du lord gouverneur pour lui recommander mon ancien camarade de chasse, l'Américain.

—Ah ! je vais vous en donner des nouvelles.

Et il frappa sur un timbre, et demanda un officier supérieur du nom de Philimore. Aux questions que lui fit le lord gouverneur, il fit cette réponse :

— L'officier sur lequel vous me demandez des renseignements est maintenant au cantonnement de Cânpoor. Ses mœurs diffèrent beaucoup de celles de nos officiers anglais, sa suite est aussi restreinte que possible. Point de mollesse ; il est toujours alerte et a déjà détruit trois ou quatre tigres, sans compter les autres carnassiers. Il a pour serviteurs plusieurs half-casts qu'il a lui-même choisis, et qui l'accompagnent dans ses chasses dangereuses. Pour le reste, c'est un homme infatigable, un tireur de première force, et qui tient les cipayes sous ses ordres dans une discipline tellement rigoureuse qu'il s'en

serait fait des ennemis s'il n'avait pas une générosité sans
bornes. Nous avons dernièrement reçu de lui deux peaux
de tigre qu'il envoie à lord Churchill, son ancien compagnon de chasse.

CHAPITRE XIV.

Retour à Calcutta. — Nouvelles de notre ancien compagnon de chasse,
l'Américain. — Conseils du lord gouverneur. — Départ. — Arrivée au
cap de Bonne-Espérance. — Prévoyance du docteur. — Court séjour à
Londres. — Pénates fixés dans les montagnes de l'Ecosse. — Quelques
extraits du manuscrit du brahmane. — Ses opinions religieuses. —
Agriculture et projets du docteur.

Le bon souvenir de l'Américain me fit d'autant plus de
plaisir, que je voyais pour lui les bonnes dispositions du
lord gouverneur, et par conséquent un avancement probable.

Mes affaires réglées, le docteur et moi prîmes passage
sur un navire de guerre qui devait nous transporter dans
la Tamise.

Raconter les accidents d'une longue traversée, est chose
inutile dans mes mémoires. Seulement je dois dire un
mot de mon arrivée au Cap, où je retrouvai d'anciens et
bons amis.

Le docteur, beaucoup plus gourmet que moi, en prit

occasion de faire l'acquisition de quelques barriques du vin de Constance.

— Quand nous serons au pays, me dit-il, une bouteille de ce bon vin nous rappellera notre traversée, et nous pourrons causer gaiement du passé.

Dès notre arrivée à Londres, je me rendis chez le banquier Cromwil : mes affaires n'avaient pas été négligées par mon vieil intendant John Tornil.

Ce fut donc dans les meilleures dispositions que nous quittâmes la cité brumeuse de la joyeuse Angleterre, et que nous prîmes la route de la capitale de l'Ecosse. Que de changements depuis notre départ! tout y était d'une dévorante activité; fourneaux, manufactures, industries sur tous les points, et peuple aussi actif qu'une fourmilière. L'ancienne demeure de mes pères se trouvait sur les bords de la Tweed, vieille demeure seigneuriale, aux murs noirs garnis de créneaux et de machicoulis, entourée de hautes futaies, de maigres prairies, de bruyères à perte de vue, et de hautes montagnes pour horizon.

La patrie est une idée bien puissante; comparant ce que j'avais sous les yeux aux splendides campagnes de l'orient, je ne les regrettais pas, et je me trouvais heureux. Mes idées étaient modifiées, l'esprit aventureux avait fait place à un sentiment casanier; la chasse, qui avait fait le bonheur de ma jeunesse, ne m'offrit presque plus d'attraits. En effet, la chasse du renard ou du loup était loin de me faire sentir les émotions que j'avais éprouvées en chassant le tigre et autres carnassiers du Bengale; mais les hautes montagnes dénudées, les vallées profondes et leurs petits lacs me reportaient aux jours de mon enfance, et je me trouvais heureux.

Mon ami le docteur résolut de réaliser sa fortune, d'acheter une immense étendue de terres presque couvertes de bruyères, et de se livrer à la culture des plantes exotiques. Nous nous étions devenus nécessaires l'un à l'autre, et quand les brouillards nous enveloppaient, quand le vent mugissait dans les montagnes, quand la pluie tombait à torrents, assis dans l'immense cheminée du château, réchauffés par le feu brillant des bruyères, nous racontions le passé.

— Tenez, me dit un jour le docteur, puisque nous prenons tant de plaisir à parler de l'Inde, il faut que nous fassions la lecture du manuscrit du brahmane Rham-Muhun-Roy.

Ce fut avec plaisir que j'acceptai cette proposition, et nous en remîmes l'exécution au lundi suivant, car je devais traiter le curé de ma paroisse et quelques seigneurs du voisinage, anciens alliés de la famille.

Je ne puis m'empêcher de rapporter ici les discours de mes tenanciers et de ceux qui m'avaient connu dans l'enfance. Pour les uns, j'étais devenu un mulâtre ; le fait est que ma peau n'avait pas blanchi dans l'Inde ; pour les autres, j'avais totalement changé de caractère, et je n'aurais plus une aussi belle meute qu'auparavant.

Tous ces discours me trouvèrent parfaitement indifférent ; plusieurs années passées hors de mon pays m'avaient donné une expérience que les gens casaniers n'acquièrent jamais. Que me fallait-il désormais ? un ami entièrement sympathique, et je l'avais trouvé dans le docteur, compagnon de mes chasses ; la liberté de mes actions, ma fortune me le permettait, et je ne me sentais aucun goût pour entrer dans cette vie politique qui eût limité cette liberté.

Ce fut donc dans l'intimité de mon ami le docteur que, durant les veillées d'hiver, nous fîmes la lecture du manuscrit donné par le brahmane notre ami.

Ici une difficulté que nous n'avions pas prévue se présenta; le manuscrit avait été en partie rongé par ces insectes microscopiques dont l'Inde pullule; nous ne trouvions plus que des fragments; mais grâce à la mémoire du docteur, qui se rappelait parfaitement les entretiens du brahmane, nous pûmes rétablir en partie le contenu du manuscrit.

Extrait du manuscrit du brahmane Rham-Muhun-Roy.

Rham-Muhun-Roy, reconnu comme le plus savant des brahmanes de l'Inde contemporaine, reçut les neuf cordons à l'âge de dix ans. D'un caractère froid et réfléchi, il se livra sérieusement à l'étude des védas et des autres livres sacrés des Indous. N'ayant point cette exaltation si commune à ses coreligionnaires, il examina tout avec sang-froid.

Les védas lui parurent bien antérieurs à tous les autres livres canoniques; la morale en était simple, et en se débarrassant de tous les symboles, elle arrivait à l'adoration des grands agents de la nature; le soleil était le roi, et, chose qui le frappa, c'est que les védas ne mentionnent aucune caste. Voici ce qui l'étonna le plus dans l'étude des autres livres sacrés : des transmigrations, des émanations, et des conceptions tellement monstrueuses, qu'il ne put s'empêcher de réfléchir à quel degré d'aberration les imaginations surexcitées par un climat brûlant pouvaient conduire les hommes. Il prit le parti de parcourir l'Inde; nous citons ici ses paroles :

« Partout se trouvaient des ruines ; partout des temples qui excitèrent mon étonnement et mon admiration ; et autour de moi, dans le temps présent, pas une construction remarquable, pas une production du génie, et pourtant, du sol, du sein des forêts, du centre des montagnes s'élevaient des monuments publiant les gloires du passé. Les hommes qui nous avaient précédés sur cette terre de l'Inde furent grands par les arts, par les nobles constructions, et par des œuvres qui disent aux générations suivantes la puissance des temps anciens. Nous, nous végétions sur ces ruines sublimes, incapables de les comprendre, incapables de les entretenir ; nous étions un peuple tombé dans le dernier degré d'avilissement ; ces temples d'Ellaura, d'Elephanta, de Salcette, sont aujourd'hui entourés du silence de la mort et servent de retraite aux reptiles et aux bêtes fauves. Et cependant, qui pourrait nous dire les profonds mystères qui y furent célébrés ? En regard, partout où je trouvais une pagode, je vis qu'on y adorait une de ces mille divinités inventées par l'imagination des Indous. Ici, c'était la sombre et sanglante Kali, déesse de la mort et des sacrifices funèbres ; là, Bowanie, divinité non moins féroce, et dont les adorateurs regardaient la destruction des êtres humains comme le moyen le plus sûr d'arriver à un bonheur éternel ; le suti, qui exige que la veuve se brûle auprès du cadavre de son mari ; dans d'autres contrées, des enfants enlevés ou achetés pour en faire des sacrifices humains : partout du sang, partout la destruction, partout le mépris des saintes lois de la nature. Cette malheureuse Inde, divisée, morcelée sous la main de chefs orgueilleux et avides ; les basses classes pressurées, et par qui ? Par des grands pensionnaires d'une Compagnie de marchands, et ne se rappelant plus ce que furent leurs pères, et vivant dans une somptueuse abjection.

Le découragement s'empara de mon âme; je continuai mes pérégrinations, et partout le même spectacle de désolation s'offrit à mes yeux. Enfin, dans un coin reculé de l'Inde, je trouvai une population étrangère à toutes les monstrueuses superstitions de mes concitoyens : là, le culte ne s'adressait qu'à un seul Dieu; les croyances religieuses, aussi simples que rationnelles, me frappèrent. J'étudiai les écrits de cette population, j'examinai ses croyances et mes mœurs, et je restai convaincu qu'il n'y a qu'un seul Dieu, que tout ce qui s'écarte de cette idée est une aberration de l'esprit, et que cette croyance seule peut assurer un bonheur compatible avec les passions humaines.

Je restai près d'une année au milieu de cette bonne population; je m'inspirai de ses mœurs, et me pénétrai de ses croyances religieuses.

De retour auprès des miens, je me trouvai tellement étranger à toutes leurs croyances, que je devins un objet de répulsion pour ma famille même.

Quand je leur exposai le résultat de mes voyages, le dégoût que m'inspiraient des idées aussi monstrueuses que fantastiques, tous se levèrent contre moi.

— Comment, me disaient-ils, pouvez-vous ne pas reconnaître que les distinctions établies par Brahma lui-même sont infaillibles? pouvez-vous descendre jusqu'aux dernières classes et reconnaître qu'elles sont vos égales? Nos dieux sont ceux de vos ancêtres; voulez-vous vous élever contre tant de siècles de croyances, et dire à vos ancêtres : Vous vous êtes trompés?

Ces observations et ces réponses ne me firent aucune impression; mais je sentis combien il était inutile d'élever des objections contre des préjugés que les miens avaient intérêt à défendre. Ce ne fut point dans les forêts que je me retirai, comme les fanatiques fakirs de l'Inde; mais ce fut dans mon intérieur, et en-dehors de tous les préjugés, que je réfléchis.

— Oui, me dis-je, l'univers est gouverné par une seule volonté; les stupides volontés humaines ne font rien à la marche des événements généraux. Où cette volonté nous conduit-elle? je l'ignore; mais je sens en moi une puissance qui me dit que l'espèce humaine progresse, et que tôt ou tard elle arrivera à la connaissance d'un Dieu unique et régulateur des choses humaines. Telles furent mes pensées, et les obsessions de ma famille et de mes amis ne purent m'en détourner.

L'Inde ne peut pas rester ce qu'elle est : déchirée par des maîtres sans pouvoir, et livrée à des passions sans frein, elle deviendra la proie du premier envahisseur dont le pouvoir sera unique.

Telles étaient les pensées du savant brahmane. Mais nous aurions pu étendre cet article, si le manuscrit n'eût pas été pre que complètement dévoré par les termites; autant que mon ami le docteur put se le rappeler, Rham-Muhun-Roy était mort déiste, et il serait probablement devenu franchement chrétien si des circonstances particulières ne l'avaient retenu dans l'Inde. Il admirait surtout cette unité de croyance qui réunit les chrétiens sous une seule autorité spirituelle, et comparant cette unité à la prodigieuse divinité des croyances de l'Inde, il en tirait la conclusion que sa patrie resterait stationnaire jusqu'au jour où une force

supérieure à celle des préjugés existants les fondrait en
une seule et unique croyance.

— Il est étonnant, me disait le docteur, que le nom
d'un étranger (Dupleix) soit resté vénéré et admiré chez
un peuple qui a tant d'objets d'admiration et de vénération, puisque chaque pagode devient pour lui un centre de
croyances et de miracles.

Notre vie s'écoulait doucement, et sauf les regrets
qu'exprimait souvent le docteur pour la perte de ses collections, l'Inde ne nous eût laissé que des souvenirs assez
agréables, car après les dangers et les fatigues, il est doux,
comme le dit un poète grec, de se reposer sur la terre
ferme, après avoir traversé tant de tribulations.

Je devrais ici terminer mon journal. Une vie paisible
offre peu d'attraits à la curiosité des lecteurs ; cependant,
je veux parler des efforts de mon ami le docteur, et raconter ses succès agricoles. Grâce à son intelligence et à une
surveillance active, il était parvenu à changer la nature du
sol aride qu'il avait acheté. Sur les bruyères désertes commençaient à s'élever des petites habitations entourées de
cultures ; des arbres fruitiers, appropriés au climat, avaient
été plantés dans les expositions favorables, et paraissaient
répondre aux espérances du docteur. Laissant de côté la
lecture des livres indiens, il se mit à étudier les *Bucoliques*
de Virgile ; tantôt il m'abordait d'un air joyeux avec cette
citation latine :

Insere Daphne pyros carpent tua poma nepotes.

(Daphnis, plante des arbres fruitiers, tes petits-enfants
en cueilleront les fruits.)

— C'est bien, lui répondis-je ; mais où seront vos petits-
enfants ? vous êtes célibataire comme moi.

— C'est vrai, me répondit-il, mais je me rappelle aussi que Dieu dit dans la Genèse qu'il n'est pas bon que l'homme soit seul.

— Ceci veut dire, mon ami, que vous vous disposez à prendre femme !

— Pas encore, me répondit-il, mais j'y ai déjà pensé, et si je trouve une femme qui partage mes goûts agricoles, nous associerons nos destinées, et j'écrirai au-dessus de la porte de ma maison ce vers de Virgile :

O fortunatos nimium sua si bona norint agricolas!

O bienheureux les agriculteurs s'ils savaient assez apprécier leur bien-être !

NOTES EXPLICATIVES

—

Une bande de marchands, page 8, ligne 30.

Au mois d'avril 1756, Ali-Verdi-Kan, nabab du Bengale, qui depuis
longtemps suivait avec une anxiété croissante les luttes des Européens
et la marche tortueuse des Anglais, adressait, de son lit de mort, à son
successeur, les exhortations suivantes :

Mon fils, la puissance des Anglais est grande ; commencez par les
réduire ; vous aurez bon marché des autres Européens. Ne souffrez point
qu'ils aient chez vous des comptoirs ou des soldats ; si vous le tolériez,
le pays cesserait bientôt d'être à vous. Si je lis bien dans les projets
des Anglais, ils vous menacent d'un prochain danger. Ils se sont appro-
prié les provinces et les trésors de vos voisins ; ils veulent en faire
autant de vos Etats. Les Européens ne viennent ici que pour s'enrichir ;
sous prétexte d'intervenir dans les querelles de nos rois, ils ne cher-
chent que des occasions d'usurpation et de pillage. Les cœurs de ces
chrétiens sont livrés à l'amour de l'or et du pouvoir, et leurs actions
ont prouvé à l'orient tout entier combien ils font de cas des préceptes
qu'ils ont reçus de leur Dieu. Leur politique, leur puissance, sont en
opposition avec leur foi. Je vous le répète, ô mon fils, écrasez les
Anglais ; si vous souffrez qu'ils aient chez vous des comptoirs et des
soldats, la terre sur laquelle vous régnez deviendra bientôt la leur.
(De Lannoye.)

Déjà lord Clive tramait un tissu d'intrigues destinées à renverser
Surajha-Dowla, successeur légitime du trop clairvoyant nabab, et à le

remplacer par Mecher-Daffier, créature complaisante de la Compagnie. Les détails de cette ténébreuse affaire, exposés froidement par lord Clive lui-même devant un comité de la chambre des communes, ont mis dans un relief cynique, dès 1772, le système combiné de fraudes et de violences que la Compagnie a donné pour base à ses conquêtes terri-toriales.

On en a trouvé d'associés aux Thugs, aux Bils, aux Dacoïtes, page 9, ligne 26.

Ces trois associations de brigands sont un des plus grands fléaux de l'Inde. Les Thugs formant une association de plus de cinquante mille hommes parfaitement organisés, se font un devoir religieux d'étrangler les voyageurs.

Les Bils les détroussent sur les grands chemins, et les tuent au besoin.

Les Dacoïtes commettent les mêmes crimes et montrent plus d'audace.

Un Thug, détenu dans les prisons anglaises, fit l'aveu au résident qu'il avait étranglé sept cents hommes, et que s'il n'était pas retenu prisonnier, il aurait atteint le chiffre de mille. Pour prouver au résident stupéfait la vérité de son dire, il indiqua un lieu dans le voisinage de la demeure du résident, où devaient se trouver les cadavres d'un grand nombre d'hommes étranglés par lui. Une famille prouva qu'il avait dit vrai, et c'était dans un village voisin que se trouvait une réunion station-naire de Thugs. Ce monstre se nommait Pharingea.

La Trimourti indienne, page 54, ligne 28.

La simplicité des dogmes religieux de l'époque védique, indique suffisamment son antiquité. Un Dieu unique, éternel, infini, principe et essence du monde, Brahm ou Paratmâtmâ (la grande âme) régit, sous le nom de Brahma, l'univers, dont il est tour à tour le créateur et le destructeur. On ne voit encore aucune trace, dans ce code, de la triade divine (Trimourti.) Vichnou et Siva n'y jouent aucun rôle. Ce ne fut que plus tard qu'on adora la triade divine.

Ils les ont conduits au ghant le plus renommé, page 77, ligne 6.

On appelle ghants les escaliers en belles pierres qui descendent jusqu'aux plus basses eaux du Gange. Ces escaliers servent aux pèlerins

et aux baigneurs pour aller faire leurs ablutions. La marche la plus
élevée est couverte d'un péristyle pour préserver des rayons du soleil. Il
en existe dans les lieux de pèlerinages.

Montés sur nos éléphants et suivis d'un guide, un fakir,
page 121, ligne 10.

Pour les fakirs, je suis porté à croire que le nombre de ceux qui
deviennent sincèrement assez maniaques pour s'infliger, sans aucun
signe de douleur, les pénitences cruelles, les macérations austères dont
il est si souvent question dans les livres sanscrits, est réellement fort
restreint.

J'ai surpris quelquefois, dans un lieu écarté, au bord d'un ruisseau,
faisant les apprêts de leur repas dans la chaleur du jour, ceux que
j'avais rencontrés le matin ou le jour d'avant dans un village, s'y
faisant horribles, hideux, pour commander la charité des paysans. Je
les avais vus nus, le corps couvert de cendres, souillé d'ordures, tatoué
d'ocre de diverses couleurs, les cheveux épars, le regard stupide et
farouche, et la bouche close; je les retrouvais à la halte du jour tout
différents. Pour préparer leurs aliments, ils s'étaient dépouillés de leurs
costumes de fakirs, dont l'eau du torrent voisin avait complètement
enlevé la trace; ils jasaient entre eux, joyeusement occupés, l'un à
allumer du feu, l'autre à pétrir sur une pierre plate la farine dont la
charité des villageois avait rempli leurs bissacs. Un troisième, se servant
comme d'un pilon de son pesant bâton de route, massue redoutable qui
aurait fait envie à l'ermite de Commanhurst, pilait, dans le creux d'un
rocher, du sel, des piments, du cardamome, du poivre et d'autres épices
dont la petite bande était bien approvisionnée; et le beurre et l'huile ne
manquaient, pas plus que les condiments, à ces gâteaux, dont chaque
convive savourait d'énormes morceaux.

On allumait ensuite un houka (pipe) dont les fumées enivrantes de
chanvre indien et d'opium provoquaient bientôt une sieste prolongée
Au réveil, chacun faisait son sac, où sous le plus petit volume il ren-
fermait tout le mobilier nécessaire au bien-être d'un Indou, le chargeait
sur ses épaules; et alors barbouillée de nouveau des cendres refroidies
du foyer, bien repue, bien reposée et de nouveau bien horrible à voir, la
bande joyeuse, reprenait sa marche, prête à paraître sourde, muette et
possédée du diable en vue du premier hameau.

Ainsi, jusqu'à la mort, dissimulant, gueusant, sans vêtements, sans
souliers, ils vont de temple en temple, et tous m'ont paru très-attachés

à cette vie de Bohêmes. Il est certain, du reste, que le nombre des hommes adonnés à cette existence nomade s'explique, dans les contrées naguère soumises au Nizam, par l'abjection et la misère du peuple des campagnes.

Mariage d'un caillou, page 130, ligne 17.

Nul peuple n'est possédé, comme celui de l'Inde, de la monomanie matrimoniale. De l'Indus au Brahmapoutra, du cap Comorin à l'Himalaya, on marie journellement non-seulement les rivières entre elles, mais les arbres, les réservoirs, les citernes, et même de simples pierres ; le tout avec des dépenses et des formalités fabuleuses. Un Indou plante-t-il un verger, ni lui ni sa famille ne touchent aux fruits qui surviennent avant d'avoir marié un manguier à un autre arbre, ordinairement à un tamarin ou à un jasmin ; s'il construit une citerne, s'il enclôt une source, il ne boira pas de leurs eaux avant de les avoir mariées à quelque bananier planté dans ce seul but sur leurs bords. Et plus il nourrira et festoiera de brahmanes dans les cérémonies qui accompagnent ces étranges unions, plus il s'estimera heureux et fier.

Ayant trouvé un jour sur ma route certaines pierres fossiles de la classe des volutes, j'en ramassai quelques-unes que je me mis à casser à l'aide de mon marteau de géologue, pour en étudier les fragments.

A cette vue, ma suite, qui défilait devant moi, se mit à pousser des gémissements désespérés et à trembler comme si elle se fût attendue à voir la terre s'entr'ouvrir pour l'engloutir avec moi. Ayant demandé tranquillement, et sans perdre un coup de marteau, à un de ces pauvres diables la cause de l'horreur et de l'effroi dont je les voyais tous saisis : « Saïb, me répondit-il tout ému, vous pulvérisez un saligrain, le mari de la toulsele ! Un saligrain, qui dans toute l'Inde a droit aux honneurs divins, et que nous adorons tous comme la plus sainte des pierres ! »

Ayant alors promis à ce brave serviteur de respecter dorénavant l'objet de sa vénération, j'obtins de lui l'explication suivante : Suivant l'opinion d'un grand nombre de ses compatriotes, Sita, la fidèle épouse de Rama, ayant été métamorphosée en toulsie, arbuste du genre azymum, le saligrain représente le grand Rama lui-même. Dans tous les districts où se rencontre ce volute, on le marie chaque année à l'arbuste sacré. Dans une cérémonie de ce genre, dont le narrateur avait été témoin près de Saugor, le cortége nuptial ne comptait pas moins de huit éléphants, douze cents chameaux, et quatre mille chevaux, tous montés et élégamment équipés. L'éléphant qui ouvrait la marche, et dont le caparaçon valait une dot de princesse, transportait sur un baldaquin magnifique le petit caillou dieu auprès de sa fiancée, la frêle plante déesse. On les maria avec toutes les cérémonies d'usage, puis on les déposa l'un à côté de l'autre dans un temple où ils devaient rester jusqu'à la saison suivante. Plus de cent mille personnes assistaient à la célébration de cet hyménée, et le rajah de Saugor les nourrit et les regala tous à ses frais. (*Inde contemporaine.* DE LANNOYE.)

FIN.

TABLE

CHAPITRE IV

CHAPITRE V.

CHAPITRE VI.

CHAPITRE VII.

CHAPITRE VIII.

CHAPITRE XIII.

CHAPITRE XIV.

FIN DE LA TABLE.

Limoges. — Imp. EUGÈNE ARDANT et Cⁱᵉ.

BIBLIOTHÈQUE
NATIONALE

CHÂTEAU
de
SABLÉ

1984

R A P P O R T   20

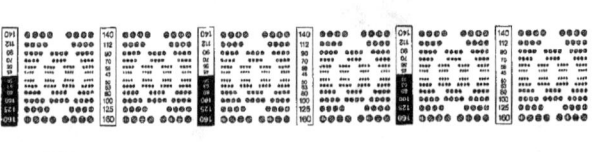

1   10

www.ingramcontent.com/pod-product-compliance
Lightning Source LLC
Chambersburg PA
CBHW051140260626
47170CB00005B/1895